富嶽百景

太宰治
現代語訳　黒野伸一

理論社

■「日本文学名作シリーズ」について

言葉の壁《かべ》をこえて、古典や名作のほんとうの面白さを体験してもらいたいと企図しました。読みやすい現代語《げんだいご》を用いていますが、原文の意味をできる限り《かぎ》そのまま伝えるように努めています。このシリーズを入口にして、さらに味わい豊《ゆた》かな、原文での読書体験へとつながっていくことを願っています。

富嶽百景
ふがくひゃっけい

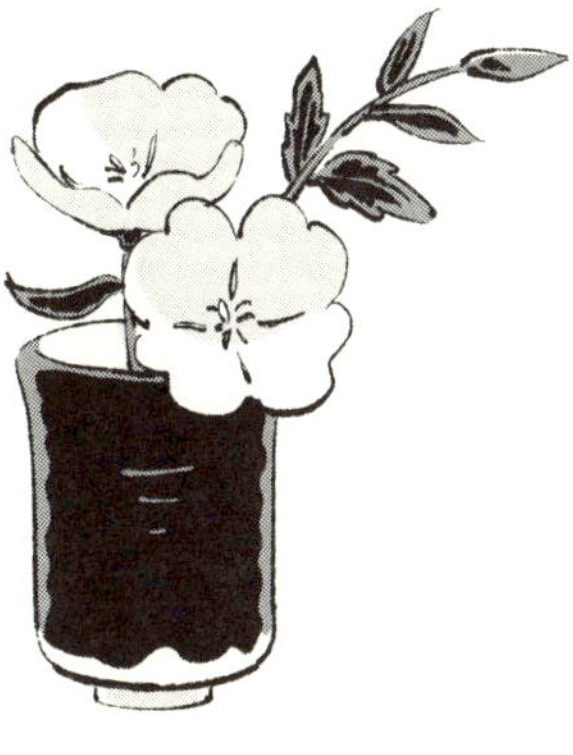

広重《ひろしげ》の描《えが》いた富士山《ふじさん》の頂角《ちょうかく》は、八十五度。文晁《ぶんちょう》の描《えが》いた富士《ふじ》も、八十四度くらいか。とはいえ、実測図《じっそくず》を見ると、東西の頂角《ちょうかく》は百二十四度。南北は百十七度だという。

広重《ひろしげ》、文晁《ぶんちょう》だけではなく、大抵《たいてい》の画家の描《えが》く富士《ふじ》は鋭角的《えいかくてき》だ。頂《いただき》が細くとがって、華奢《きゃしゃ》な感じがする。

北斎《ほくさい》の富士《ふじ》にいたっては、ほとんど三十度くらいで、まるでパリにあるエッフェル塔《とう》のようではないか。

けれども実際《じっさい》の富士《ふじ》は、東西百二十四度、南北百十七度に広がる、緩《ゆる》やかな山なのである。

たとえば私《わたし》がインド人で、突然《とつぜん》大きな鷲《わし》にさらわれ、日本の沼津《ぬまづ》あたりに落とされたとしよう。そのとき、この山を目《ま》の当たりにしても、さほど感動するとは思えない。噂《うわさ》に高きニッポンのフジヤマを拝《おが》めるからこそ、感動するのであり、そのような噂《うわさ》を耳にしたことのない素朴《そぼく》で純粋《じゅんすい》な心に、どれだけ迫《せま》ることができるのかと考えれば、何とも心もとない。

裾野《すその》の広がりの割《わり》に、標高は低い。あれくらいの裾野《すその》であるなら、少なくとも今の一・五倍の高さが必要ではないのか。

十国峠《じっこくとうげ》から見た富士《ふじ》だけは高く、素晴《すば》らしかった。雲がかかり、頂《いただき》が見えなかったため、裾野《すその》の勾配《こうばい》から「あのあたりが頂《いただき》だろうな」と、雲の一点に印をつけたが、雲が晴れるや、印の倍も高い所に青い頂《いただき》が見えるではないか。

驚《おどろ》いたというよりも、何やらこそばゆく、私《わたし》はげらげらと笑ってしまった。やられたな、と思った。人は一杯《ぱい》食わされたと感じると、だらしなくげらげら笑うものらしい。全身のネジがしまりなくゆるんで、おかしな言い方かもしれないが、帯紐《おびひも》を解《と》かれるように笑う、といったような感じだろうか。

君たちが恋人《こいびと》と会った際《さい》、いきなり恋人《こいびと》がげらげら笑いだしたら、儲《もう》けものだ。

恋人《こいびと》をとがめてはいけない。恋人《こいびと》は、君にぞっこんなのだから。

東京のアパートから見える富士《ふじ》は、切ない。冬にははっきり、地平線にちょこんと、小さな白い三角が出ているのが見える。それが富士《ふじ》だ。まるでクリスマスの飾《かざ》り菓子《がし》ではないか。しかも左のほうに傾《かたむ》いていて、船尾《せんび》からじょじょに沈没《ちんぼつ》してゆく船のようにも見える。

三年前の冬、私《わたし》はある人から意外な事実を知らされ、ショックに打ちのめされた。その晩《ばん》はアパートの一室で、一睡《いっすい》もせず、朝までひとり酒を飲んだ。明け方、トイレに行くと、窓《まど》から富士《ふじ》が見えた。小さく真っ白で、左にちょっと傾《かたむ》いた富《ふ》士《じ》。窓《まど》の下のアスファルトの道を、魚屋の自転車が通り過《す》ぎ、「おう、今朝はやけにはっきり富士《ふじ》が見えるな。それにしてもなんだ、この寒さは」などと呟《つぶや》きながら、暗いトイレで用を足した。窓《まど》の金網《かなあみ》にもたれ、むせび泣いて、もうあんな思いは二度としたくない。

昭和十三年の初秋、思いを新たにした私《わたし》は、鞄《かばん》ひとつで旅に出た。

起伏《きふく》のなだらかさが、甲州《こうしゅう》の山々の特徴《とくちょう》である。小島烏水《うすい》は日本山水論《さんすいろん》で「山の拗《す》ね者は多く、此土《しど》に仙遊《せんゆう》するが如《ごと》し。（ねじまがった山ばかりで、まるでこの世で遊ぶ仙人《せんにん》のようだ）」と記している。甲州《こうしゅう》の山々は、マニア向けなのかもしれない。

甲府《こうふ》市からバスで一時間。御坂峠《みさかとうげ》にたどり着いた。

海抜《かいばつ》千三百メートルの御坂峠《みさかとうげ》に、天下茶屋という小さな茶屋がある。井伏鱒二《いぶせますじ》が初夏より、この茶屋の二階に引きこもって、執筆《しっぴつ》をしていた。それを知って、ここにやってきた。井伏《いぶせ》氏の邪魔《じゃま》にならないなら、隣室《りんしつ》でも借りて、私《わたし》も仙人《せんにん》のように引きこもろうと考えたのだ。

執筆中《しっぴつちゅう》の井伏《いぶせ》氏の了解《りょうかい》を取り、しばらくはその茶屋に落ち着くことにした。そして、毎日いやでも、富士《ふじ》と真正面から向き合うことになったのである。

御坂峠《みさかとうげ》は東海道に出る鎌倉《かまくら》街道の要所にあり、北面富士《ふじ》を観望するには恰好《かっこう》のスポットだ。ここから見た富士《ふじ》は、むかしから富士《ふじ》三景に数えられるそうだが、私《わたし》はあまり好きではない。好かないどころか、ばかにしていた。

中央に富士《ふじ》があって、その下に寒々とした河口湖《かわぐちこ》が白く広がり、山々が湖を優《やさ》しく抱《だ》きかかえるように佇《たたず》んでいるその様は、あまりにもステレオタイプだったからだ。一目見て、私《わたし》は居心地《いごこち》の悪さを感じた。風呂屋《ふろや》にペンキで描《えが》かれた、あるいは芝居《しばい》のセットにある富士《ふじ》を想起したのだ。注文通りの景観を見せられ、何だか気恥《きは》ずかしい思いがした。

茶屋に来てから二、三日が経《た》ち、井伏《いぶせ》氏の仕事も一段落《いちだんらく》した、ある晴れた日の午後、私《わたし》たちは三《み》つ峠《とうげ》を登った。三《み》つ峠《とうげ》は御坂峠《みさかとうげ》より少し高く、海抜《かいばつ》千七百メートルである。

小一時間ほど急坂を這《は》うようによじ登り、頂上《ちょうじょう》に着いた。細い山道を、蔦《つた》を掻《か》き分けながら這《は》い登るその姿《すがた》は、決してかっこいいものではなかっただろう。

登山服を着た井伏《いぶせ》氏は軽快《けいかい》であったが、登山服の持ち合わせがない私《わたし》は、どてら姿《すがた》であった。茶屋のどてらはサイズが合わずつんつるてんで、三十センチ以上も毛《け》脛《ずね》が露出《ろしゅつ》していた。おまけに借り物のゴム底地下足袋《じかたび》を履《は》いていたので、かなりむさ苦しく見えたことだろう。

　これではさすがにいかんと、角帯《かくおび》を締《し》め、茶屋の壁《かべ》にかかっていた古い麦わら帽《ぼう》子《し》をかぶってみたが、いよいよ変で、普段《ふだん》は人のなりふりをとやかく言わない井伏《いぶせ》氏が、気の毒《どく》そうな顔で「男は身なりなんて、気にしなくてもいいんだよ」と小声でなぐさめてくれたことを、私《わたし》は忘《わす》れない。

　そんなこんなで、頂上《ちょうじょう》にたどり着いたものの、急に濃《こ》い霧《きり》が立ち込《こ》めてきた。パノラマ台といわれている断崖《だんがい》の縁《へり》に立ってみても、眺望《ちょうぼう》がきかない。何も見えないのである。

井伏《いぶせ》氏が、濃《こ》い霧《きり》の中、岩に腰《こし》を下ろし、一服しながら放屁《ほうひ》した。いかにもつまらなそうだった。

　パノラマ台には、茶屋が三軒並《けんなら》んで建っていた。そのうちの一軒《けん》、年老いた夫婦《ふうふ》が経営《けいえい》している地味な茶屋に落ち着き、熱い茶を飲んだ。茶屋の老婦人《ろうふじん》は気の毒《どく》そうな顔で「あいにくの霧《きり》ですが、もう少し経《た》てば晴れて、富士《ふじ》がすぐそこに顔を出します」と言った。そして、店の奥《おく》から富士《ふじ》の大きな写真を持ってくるなり、崖《がけ》の端《はし》で高くかざしながら「ほらこの通り、ちょうどこの辺に、こんなに大きくはっきり見えますから」と一生懸命弁明《いっしょうけんめいべんめい》した。

私《わたし》たちは、番茶をすすりながらその富士《ふじ》を眺《なが》め、笑った。深い霧《きり》のおかげで、いい富士《ふじ》を見させてもらった。

その翌々日《よくよくじつ》であったろうか、井伏《いぶせ》氏が御坂峠《みさかとうげ》を引きあげることになって、私《わたし》も甲《こう》府《ふ》までご一緒《いっしょ》した。実は甲府《こうふ》で私《わたし》は、ある女性《じょせい》と見合いすることになっていた。井《い》伏《ぶせ》氏に連れられ、甲府《こうふ》の町はずれにある、女性宅《じょせいたく》に伺《うかが》った。井伏《いぶせ》氏は、無雑作《むぞうさ》な登山服姿《すがた》だったが、私《わたし》は角帯《かくおび》に夏羽織《なつばおり》を着ていた。

女性《じょせい》の家の庭には、薔薇《ばら》がたくさん植えられていた。母親が出迎《でむか》え、客間に通されると、程《ほど》なくして女性《じょせい》が姿《すがた》を見せたが、私《わたし》は彼女《かのじょ》と目を合わせなかった。

母親と大人同士《どうし》の雑談《ざつだん》をしていた井伏《いぶせ》氏が、私《わたし》の背後《はいご》を見上げ「おや、富士《ふじ》だ」と呟《つぶや》いた。振《ふ》り返ると、富士山噴火口《ふじさんふんかこう》の鳥瞰《ちょうかん》写真が額縁《がくぶち》に入れられ、飾《かざ》られていた。まるで真っ白い睡蓮《すいれん》のようだった。

身体を戻《もど》すとき、女性《じょせい》をチラリと見た。途端《とたん》に稲妻《いなずま》が走った。多少の困難《こんなん》があっても、この人と結婚《けっこん》したいと強く願った。あの富士《ふじ》にお礼を言いたかった。

井伏《いぶせ》氏はその日に帰京し、わたしは御坂峠《みさかとうげ》に戻《もど》った。それから十一月の十五日までほぼ三カ月、茶屋の二階で少しずつ仕事を進めた。あまり好きではない富士《ふじ》とも、毎日嫌《いや》というほど対面した。

一度大笑いしたことがあった。ハイキングの途中私《とちゅうわたし》の宿に立ち寄《よ》った、大学の講《こう》師《し》をやっているロマン派《は》の友人と二人で、二階の廊下《ろうか》から富士《ふじ》を眺《なが》めていたとき、友人が、

「どうも俗《ぞく》だね、お富士《ふじ》さん、という感じじゃないか。見ているこっちが、何だか照れてしまうね」

などと生意気に、タバコをふかしながら言った。友人はふと、

「あの坊《ぼう》さんみたいな恰好《かっこう》の男は、何者だ?」と顎《あご》をしゃくった。

破《やぶ》れた黒い衣を身にまとい、長い杖《つえ》を突《つ》いて、富士《ふじ》を振《ふ》り仰《あお》ぎながら峠《とうげ》を登ってくる、五十がらみの小柄《こがら》な男性《だんせい》だった。

「身なりからすると、富士見西行《ふじみさいぎょう》（遍歴《へんれき》の一つとして富士《ふじ》を訪《おとず》れた行者）といったところだね」

その行者を見ていると、何だか懐《なつ》かしい思いがした。

「高名な僧侶《そうりょ》かもしれないね」

「ばか言うなよ。物乞《ものご》いだろ」

友人は冷淡《れいたん》だった。

「いやいや。世俗《せぞく》から逸脱《いつだつ》した感があるよ。歩き方なんか、できてるじゃないか。昔、能因法師《のういんほうし》がこの峠《とうげ》で富士《ふじ》を褒《ほ》めた歌を作ったそうだが――」

私《わたし》が言い終わらないうちに、友人は笑いだした。

「見てみろよ。できてないよ」

能因法師《のういんほうし》は、茶屋で飼《か》っているハチという犬に吠《ほ》えられ、あわてふためいていた。その様は嫌《いや》になるほど、みっともなかった。

「ダメだね。やっぱり」私《わたし》はため息をついた。

男性《だんせい》は悲鳴を上げ、杖《つえ》をかなぐり捨《す》て、一目散に逃《に》げだした。その姿《すがた》は、本当にできていなかった。富士《ふじ》も俗《ぞく》なら法師《ほうし》も俗《ぞく》ではないか。今思い出しても、呆《あき》れるばかりである。

新田という二十五歳《さい》の温厚《おんこう》な青年が、麓《ふもと》の吉田《よしだ》という町の郵便局《ゆうびんきょく》に勤《つと》めている。ある日新田が、郵便物《ゆうびんぶつ》を見て私《わたし》がここに逗留《とうりゅう》していることを知ったと、峠《とうげ》の茶屋を訪《たず》ねてきた。二階の部屋でしばらく話をして、打ち解《と》けてくると、新田は笑いながら、

「実は、もう二、三人でお邪魔《じゃま》するつもりでいたのですが、いざとなると、皆《みな》しり込《ご》みしてしまいまして……。佐藤春夫《さとうはるお》先生の小説に、太宰《だざい》さんはひどく退廃的《たいはいてき》で、性格破綻者《せいかくはたんしゃ》だと書いてありましたし。まさかこんなにちゃんとした、真面目な方だと思いませんでしたから、僕《ぼく》も仲間に無理強いはできませんでした。今度みんなを

連れてきます。かまいませんでしょうか?」と言った。

「それはかまいませんけど……」

私《わたし》は苦笑いしていた。

「それで君は、勇気を振《ふ》り絞《しぼ》って、仲間を代表して僕《ぼく》を偵察《ていさつ》に来たわけですね」

「決死隊でした」

新田は屈託《くったく》なくうなずいた。

「昨夜も佐藤《さとう》先生の小説を読み返して、覚悟《かくご》を決めて来ました」

私《わたし》はガラス戸越《ご》しに富士《ふじ》を見ていた。富士《ふじ》は黙《だま》って悠々《ゆうゆう》と立っている。偉《えら》いなあ、と思った。

「いいね。富士《ふじ》は。やっぱりいいところがあるね。よくやってるよ」

やはり富士《ふじ》には敵《かな》わない。すぐ感情的《かんじょうてき》になる自分が、ゆったりとした富士《ふじ》の前で、とても小さく感じられた。

「よくやってますか?」

私《わたし》の表現《ひょうげん》がおかしかったのか、新田が笑った。

その日から新田は、いろいろな青年を連れて来た。皆《みな》、静かな人だった。全員が私《わたし》を「先生」と呼《よ》んだ。私《わたし》は素直《すなお》にそれを受け止めた。

私《わたし》には学問も才能《さいのう》もない。誇《ほこ》るべきものは何もない。身体は汚《よご》れ、心も卑《いや》しい。しかし、青年たちに先生と呼《よ》ばれてもよいだけの、苦悩《くのう》は経験《けいけん》してきた。それだけが、藁《わら》一本ほどの自負だ。この自負だけは、絶対《ぜったい》に手放したくない。わがままな駄々《だだ》っ子《こ》のように言われてきた私《わたし》の葛藤《かっとう》を、いったい幾人《いくにん》の人が知っているだろうか。

井伏《いぶせ》氏の読者で、短歌が得意《とくい》な田辺《たなべ》という青年と、同じく井伏《いぶせ》氏を愛読している新田とは、一番仲良くしていた。

一度ふたりに、吉田《よしだ》町に連れて行ってもらった。おそろしく細長い、正に麓《ふもと》といった雰囲気《ふんいき》の町だった。富士《ふじ》に日光も風も遮《さえぎ》られ、ひょろひょろと伸《の》びた茎《くき》のようで、暗く、うすら寒い感じがした。

道路に沿《そ》って、清流があった。麓《ふもと》の町の特徴《とくちょう》らしい。三島でも町中に清流があった。富士《ふじ》の雪が溶《と》けて流れてくるのだと、人々は信じていた。吉田《よしだ》の水は三島に比《くら》べると、水量も少なく汚《きたな》い。

「モーパッサンの小説に、どこかの令嬢《れいじょう》が毎晩《まいばん》、貴公子《きこうし》のところへ河《かわ》を泳いで逢《あ》いに行ったと書いてあったけど、服はどうしていたんだろうね？　まさか、素《す》っ裸《ぱだか》ではなかったよね」

清流を眺《なが》めながら、私《わたし》は言った。

「そうですね……水着姿《すがた》だったかもしれませんね」

「頭の上に衣服を結び付けて、泳いでいったのかな？」

青年たちは笑った。

「それとも、服を着たままのずぶ濡《ぬ》れの姿《すがた》で貴公子《きこうし》と逢《あ》って、二人でストーブで乾《かわ》かしてたのかな？　でも帰るときはどうするんだろう。せっかく乾《かわ》かした服を、またずぶ濡《ぬ》れにしなきゃならないじゃないか。貴公子《きこうし》のほうが、泳いでくればいいのにな。男ならパンツ一丁でも恥《は》ずかしくないし。貴公子《きこうし》、泳げなかったのかな」

「いや、令嬢《れいじょう》のほうが、ぞっこんだったからだと思います」

真面目な顔で新田が言った。

「そうかもしれないね。海外の物語の令嬢《れいじょう》は、勇敢《ゆうかん》で可愛《かわい》いね。恋《こい》をしたら、河《かわ》を泳いでまで会いに行くんだから。日本ではそうはいかんだろう。男と姫君《ひめぎみ》が、川を挟《はさ》んで嘆《なげ》き悲しむ舞台《ぶたい》があるじゃないか。何も嘆《なげ》く必要なんかない。とても細い川だから、姫君《ひめぎみ》が泳いで渡《わた》ればいいんだよ。あんな芝居《しばい》じゃ同情《どうじょう》しないな。朝顔日記(江戸《えど》時代の男女のすれ違《ちが》いを描《えが》いた浄瑠璃《じょうるり》)では、大井川は氾濫寸前《はんらんすんぜん》だったし、ヒロインの朝顔は目が不自由だから多少同情《どうじょう》はするけど、あれだって泳いで渡《わた》れないことはない。棒杭《ぼうぐい》にしがみついて、おてんとさまを恨《うら》んでる場合じゃないよ。あっ、一人いたよ！　日本にも勇ましい姫《ひめ》が。あいつは凄《すご》い。誰《だれ》だか分かるかい？」

「いましたか」

青年たちも瞳《ひとみ》を輝《かがや》かせた。

「清姫《きよひめ》（安珍《あんちん》・清姫《きよひめ》伝説のヒロイン）だよ。惚《ほ》れた男の安珍《あんちん》を追いかけて、日高川を泳いだ。ものの本によると、あのとき清姫《きよひめ》は十四歳《さい》だったそうだ」

このようなばか話をしながら、町はずれにある田辺《たなべ》の知り合いの古宿に着いた。そこで皆《みな》で飲んだ夜に見た富士《ふじ》は、素晴《すば》らしかった。

夜の十時ごろ、青年たちは私《わたし》ひとりを宿に残し、各々の家に帰っていった。私《わたし》は眠《ねむ》れず、どてら姿《すがた》で表に出た。明るい月夜に富士《ふじ》が映《は》えていた。月光のせいで青く透《す》き通った富士《ふじ》は神秘《しんぴ》的で、キツネに化かされているのでは、と疑《うたが》ったほどだ。したたるように青く、まるで鬼火《おにび》が燃《も》えているような感じだった。鬼火《おにび》、狐火《きつねび》、ほたる、すすき、葛《くず》の葉……。

私《わたし》はおぼつかない足取りで、夜道を歩いた。からんころんという澄《す》んだ下駄《げた》の音だけが、別の生き物のように響《ひび》いた。

そっと振《ふ》り向くと、相変わらず青く輝《かがや》く富士《ふじ》があり、私《わたし》はため息をついた。維新《いしん》の志士《しし》か、鞍馬天狗《くらまてんぐ》にでもなったような気分だった。少し気取って懐《ふところ》に手を入れ、歩いた。我《われ》ながら、カッコいいと思った。

かなりの距離《きょり》を歩いているうちに財布《さいふ》を落とした。五十銭《せん》銀貨が二十枚《まい》ほど入っていたので、重すぎて懐《ふところ》から滑《すべ》り落ちたのだろう。しかし、私《わたし》は平然としていた。金がなかったら、御坂《みさか》まで歩いて帰ればいい。

ふと、今来た道をそのまま戻《もど》れば、財布《さいふ》は見つかるということに気づいた。私《わたし》は懐《ふところ》に手を入れたまま、ぶらぶらと引き返した。

富士《ふじ》。月夜。財布《さいふ》を落とした維新《いしん》の志士《しし》……。面白い繋《つな》がりだと思った。財布《さいふ》は道の真ん中で光っていた。あるに決まっていると思っていた。財布《さいふ》を拾い、宿に帰って床《とこ》に就《つ》いた。

富士《ふじ》に化かされたのだ。私《わたし》はあの夜、愚《おろ》かだった。完全に踊《おど》らされているような気がした。あの夜のことを今思い出しても、変にだるい。

吉田《よしだ》に一泊《ぱく》したあくる日、御坂《みさか》へ戻《もど》ると、茶屋のおかみさんは、ニヤニヤしながら出迎《でむか》え、反対に十五歳《さい》の娘《むすめ》さんは、こちらを振《ふ》り向きもしなかった。不潔《ふけつ》なことをしてきたのではないことを、それとなく知らせるため、聞かれもしないのに、昨日一日の行動を子細に説明した。泊《と》まった宿の名前、月夜富士《ふじ》、財布《さいふ》を落としたこと……すべて言い尽《つ》くすと、娘《むすめ》さんの機嫌《きげん》もやっと直ったようだった。

ある朝、娘《むすめ》さんが甲高《かんだか》い声で「お客さん！　起きてよ！」と叫《さけ》ぶので、私《わたし》はしぶしぶ起きて、廊下《ろうか》に出た。娘《むすめ》さんが、興奮《こうふん》した様子で空を指さした。見ると雪。富《ふ》士《じ》山《さん》に雪が積もっていた。山頂《さんちょう》が真っ白に光り輝《かがや》いて見えた。御坂《みさか》の富士《ふじ》もばかにできないと思った。

「いいね」と褒《ほ》めるや、娘《むすめ》さんは得意《とくい》そうに、

「素晴《すば》らしいでしょう？　御坂《みさか》の富士《ふじ》は、これでもダメ？」と返した。私《わたし》が常々《つねづね》「こんな富士《ふじ》は俗《ぞく》っぽくてダメだ」と言っていたので、娘《むすめ》さんは内心がっかりしていたのだろう。

「やはり富士《ふじ》は、雪が降《ふ》らなければダメだね」

しかつめらしい顔で、私《わたし》は答えた。

どてらを着て散策《さんさく》に出かけ、月見草の種を採《と》ってきた。両手一杯《いっぱい》の種を、茶屋の裏口《うらぐち》に蒔《ま》き、

「これは僕《ぼく》の月見草だからね。来年また見に来るから、ここへ洗濯《せんたく》の水なんか捨《す》てちゃいけないよ」

娘《むすめ》さんはうなずいた。

なぜ、わざわざ月見草を選んだのかというと、富士《ふじ》によく似合《にあ》うと思ったからだ。逗留《とうりゅう》している茶屋は、山頂《さんちょう》の一軒家《いっけんや》なので、郵便物《ゆうびんぶつ》は配達されない。頂《いただき》からバスで三十分ほど下った麓《ふもと》にある、河口湖畔《かわぐちこはん》の河口村《かわぐち》という寒村の郵便局《ゆうびんきょく》に、私宛《わたしあ》ての郵便物《ゆうびんぶつ》が留《と》め置かれていた。三日に一度くらいの割合《わりあい》で、私《わたし》は郵便物《ゆうびんぶつ》を取りに行かなければならなかった。

晴れた日を選んで、取りに行っていた。バスの女性車掌《じょせいしゃしょう》は、とりたてて風景の説明をしてくれるわけではない。とはいえ、時々思い出したように、抑揚《よくよう》のない物憂《ものう》げな口調で「あれが三《み》つ峠《とうげ》。向こうが河口湖《かわぐちこ》。ワカサギが獲《と》れます」などと、呟《つぶや》く

ように説明してくれることもあった。

郵便局《ゆうびんきょく》からの帰り道、バスの車内で私《わたし》のすぐとなりに、焦《こ》げ茶色のコートを着た六十歳《さい》くらいの老婆《ろうば》が背筋《せすじ》を伸《の》ばし、座《すわ》っていた。青白く端正《たんせい》な顔立ちの、私《わたし》の母に似《に》た老婆《ろうば》だった。

女性車掌《じょせいしゃしょう》が思い出したように「皆《みな》さん、今日は富士《ふじ》がよく見えますね」と、説明とも個人的《こじんてき》な感想ともつかぬ言葉を、唐突《とうとつ》に発した。リュックサックを背負《せお》った若《わか》いサラリーマンや、大きな日本髪《にほんがみ》を結い、絹《きぬ》をまとった芸者風の女性《じょせい》などが、身体をねじ曲げ、いっせいに車窓《しゃそう》から首を出した。

乗客たちは、今さらのように、その何の変哲《へんてつ》もない三角の山を見やり、「やあ」とか「まあ」とか騒《さわ》ぎ始めた。ところが隣《となり》の老婆《ろうば》は、深い悩《なや》みごとでもあるのか、他の客とは対照的に、富士《ふじ》には一瞥《いちべつ》もくれず、反対側の断崖《だんがい》をじっと見つめていた。その姿《すがた》に私《わたし》は胸《むね》を打たれた。

私《わたし》も、俗《ぞく》っぽい富士《ふじ》など拝《おが》みたくもないという、正直な気持ちを老婆《ろうば》に見せたかった。そこで、頼《たの》まれてもいないのに共感の意を表明するため「あなたの苦しみ、わびしさ、よくわかりますよ」と言わんばかりに老婆《ろうば》に寄《よ》り添《そ》い、一緒《いっしょ》に崖《がけ》を眺《なが》めた。

老婆《ろうば》も私《わたし》に対する警戒心《けいかいしん》はなかったのだろう。ぼんやりとひとこと、

「あら、月見草」

と細い指で、道端《みちばた》の一箇所《かしょ》を指し示《しめ》した。過《す》ぎ去る風景の中で、黄金《こがね》色にひときわ輝《かがや》く月見草の花弁《はなびら》が、あざやかに私《わたし》の目に焼き付いた。

三七七八メートルの富士《ふじ》と立派《りっぱ》に対峙《たいじ》し、みじんも揺《ゆ》るがず、何というか、金剛力草《こんごうりきそう》とでも呼《よ》びたいくらいに、健気《けなげ》にすっくと立つ月見草は、素晴《すば》らしかった。富《ふ》士《じ》には月見草がよく似合《にあ》う。

十月の半ばを過《す》ぎても、私《わたし》の仕事は遅々《ちち》として進まなかった。人が恋《こい》しかった。夕焼け空に、雁《がん》の腹雲《はらぐも》（雁《がん》の腹《はら》の羽毛のような形の雲）がかかっていた。私《わたし》は二階の廊下《ろうか》で、ひとりタバコをくゆらせながら、富士《ふじ》には目もくれず、血の滴《したた》るよう

に真っ赤な紅葉《こうよう》を見据《みす》えた。

軒下《のきした》の落ち葉を掃《は》き集めている茶屋のおかみさんに「おかみさん！　あしたは晴れるね」と声をかけた。自分でもびっくりするほど、歓声《かんせい》のように上ずった声だった。

「あした、何かあるんですか？」

顔を上げ、不審《ふしん》そうに眉《まゆ》をひそめて尋《たず》ねるおかみさんを前に、私《わたし》は答えに窮《きゅう》した。

「何もないです」

おかみさんは破顔《はがん》した。

「寂《さび》しいんじゃないですか。山でも登ってみてはいかが？」

「山に登っても、すぐまた降《お》りなければならないから、つまらないですよ。どの山へ登っても、同じ富士《ふじ》が見えるだけで、気が重くなります」

納得《なっとく》するのが難《むずか》しかったのだろう。おかみさんは曖昧《あいまい》にうなずいただけで、また落ち葉を掃《は》いた。

寝《ね》る前に部屋のカーテンをそっと開け、ガラス越《ご》しに富士《ふじ》を見た。月夜には、富《ふ》士《じ》がまるで青白い水の精《せい》のように映《うつ》っていた。

ため息をついた。

「ああ、富士《ふじ》が見える。星が大きい。あしたは晴れるな……」

この事実だけが、儚《はかな》い喜《よろこ》びのような気がした。しかし、カーテンを閉《し》め、寝床《ねどこ》に就《つ》くと、あした晴れても特段《とくだん》何も変わらないことに気づき、私《わたし》はひとり布団《ふとん》の中で苦笑するのだった。

苦しかった。

純粋《じゅんすい》に執筆《しっぴつ》することの苦しさ――否《いな》、執筆《しっぴつ》は私《わたし》にとって喜《よろこ》びでもあるので、そのことではない。世界観、芸術《げいじゅつ》、文学の未来……言わば「新しさ」というものについて、私《わたし》は身悶《みもだ》えするほど思い悩《なや》んでいた。

素朴《そぼく》で自然なもの。簡潔《かんけつ》で鮮明《せんめい》なもの。それらを、なんのてらいもなく、そのまま紙に写し取ること以外は考えられない。そう思うと、眼前《がんぜん》の富士《ふじ》も別の意味を持って見えてくる。

これが私《わたし》の考える「単一表現《ひょうげん》」の美しさなのかもしれないと、富士《ふじ》に妥協《だきょう》しかけるが、やはり違《ちが》うと思い惑《まど》うのだ。富士《ふじ》の、あまりにヌボーっとした素朴《そぼく》さには閉口《へいこう》するし、こういうものがいいなら、ほてい様の置物だっていいはずではないか。ほてい様の置物がいいとは到底《とうてい》思えない。だから、私《わたし》の表現《ひょうげん》する富士《ふじ》の姿《すがた》も、どこか間違《まちが》っているのだろう。

朝晩《あさばん》富士《ふじ》を見ながら、陰鬱《いんうつ》な日々を送っていた。

十月末に、おそらく年に一度くらいの休日なのだろう、吉田《よしだ》町の遊女のグループが、車五台に分乗して御坂峠《みさかとうげ》にやって来た。

わたしはその様子を、二階から眺《なが》めていた。自動車を降《お》りた、カラフルな装《よそお》いの遊女たちは、バスケットから開放された伝書鳩《でんしょばと》のように、戸惑《とまど》いながら固まってうろうろしていた。沈黙《ちんもく》のまま押《お》し合いへし合いを繰《く》り返すと、やがて緊張《きんちょう》が解《と》けたのか、ばらばらになり、各々勝手に歩き始めた。茶屋の店頭で、絵葉書を大人しく選んでいる者、立ち止まって富士《ふじ》を眺《なが》めている者……暗くわびしい、目を伏《ふ》せたくなるような光景だった。

同情《どうじょう》したが、それで彼女《かのじょ》たちが幸福になれるわけではない。私《わたし》はただ見ているしかなかった。

苦しむ者は苦しめ。落ちる者は落ちよ。私《わたし》には関係ない。それが世の中だ……。そう無理に冷たく、彼女《かのじょ》らを突《つ》き放そうとしたが、できなかった。

富士《ふじ》に頼《たの》もうと、唐突《とうとつ》に思いついた。

「彼女《かのじょ》たちをよろしくな」

そんな気持ちで振《ふ》り仰《あお》いだ富士《ふじ》は、まるで寒空の中、どてら姿《すがた》で懐《ふところ》に手を入れ、どっしりと構《かま》える大親分のように見えた。これで大丈夫《だいじょうぶ》とばかりに、私《わたし》はもう遊女たちにかまけるのを止《や》め、茶屋の六歳《さい》の男の子と犬のハチを連れて、近くのトンネルに遊びに出かけた。

トンネルの入口で、三十がらみの遊女がひとり、ちっぽけな草花を摘《つ》んでいた。

私《わたし》たちが傍《かたわ》らを通り過《す》ぎても、わき目もふらず摘《つ》んでいる。この女性《じょせい》もよろしく頼《たの》みます、と富士《ふじ》に頼《たの》んで、私《わたし》は男の子の手を引き、そそくさとトンネルの中に入っていった。トンネルの冷たい地下水を、頬《ほお》に、首筋《くびすじ》にひたひたと受けながら「おれの知ったことじゃない」とばかりに、わざと大股《おおまた》で歩いた。

その頃《ころ》、私《わたし》の結婚話《けっこんばなし》も一次頓挫《とんざ》していた。実家からは、一切援助《えんじょ》を受けられないことがはっきりしたのだ。せめて百円くらいは、援助《えんじょ》してもらえるだろうなどと、虫のいいことを考えていたので、困《こま》り果てた。

百円で、ささやかながらも厳粛《げんしゅく》な結婚式《けっこんしき》を挙げ、世帯を持つために必要な資金《しきん》は、作家活動で賄《まかな》っていこうと考えていた。ところが、書簡《しょかん》でのやり取りの末、実家からの援助《えんじょ》がまったく期待できないことを知るに至《いた》って、私《わたし》は途方《とほう》に暮《く》れていた。

このような状況《じょうきょう》では、縁談《えんだん》を断《ことわ》られても仕方がない。とにかく先方に、洗《あら》いざらい打ち明けようと覚悟《かくご》を決め、私《わたし》は単身峠《とうげ》を下り、婚約者《こんやくしゃ》の許《もと》に向かった。

幸いにも婚約者《こんやくしゃ》は家にいた。客間に通された私《わたし》は、婚約者《こんやくしゃ》と母親の前で包み隠《かく》さず、事情《じじょう》を説明した。時々演説《えんぜつ》口調になるのには閉口《へいこう》したが、割《わり》と素直《すなお》に語り尽《つ》くせたと思う。婚約者《こんやくしゃ》は落ち着いた声で「では、ご実家は結婚《けっこん》に反対なのでしょうか？」と、尋《たず》ねた。

「いいえ。反対というのではなく……」

わたしは右手をそっとテーブルの上に置き、「お前ひとりでやれ、ということだと思います」と答えた。

「結構《けっこう》でございます」

母親は品よく笑いながら、

「ご覧《らん》の通り、私《わたし》どももお金持ちではございませんし、ものものしい式などは、かえって当惑《とうわく》してしまいます。あなたご自身が、愛情《あいじょう》と、職業《しょくぎょう》に対する熱意をお持ちであるなら、それだけで結構《けっこう》でございます」

私《わたし》はお辞儀《じぎ》をするのも忘《わす》れ、しばらく呆然《ぼうぜん》と庭を眺《なが》めていた。目頭が熱かった。この母に孝行《こうこう》しようと、心に誓《ちか》った。

帰りに婚約者《こんやくしゃ》が、バス停《てい》まで見送りに来てくれた。歩きながら、

「どうですか。まだ交際《こうさい》を続けますか？」と、キザな質問《しつもん》をしてみた。

「いいえ。もうたくさんです」

婚約者《こんやくしゃ》が笑いながら答えた。

「なにか、質問《しつもん》はありますか？」

さらにばかなことを訊《き》いてみた。

「あります」

私《わたし》は何を訊《き》かれても、ありのまま答えようと思っていた。

「富士山《ふじさん》には、もう雪が降《ふ》ったでしょうか」

拍子抜《ひょうしぬ》けするような質問《しつもん》だった。

「降《ふ》りました。頂《いただき》の辺りに――」と言いかけて、ふと前方を見ると、富士《ふじ》が見えた。妙《みょう》な気分だった。

「なあんだ。甲府《こうふ》からでも富士《ふじ》が見えるじゃないか。ばかにしやがって」

乱暴《らんぼう》な口調で「今のは愚問《ぐもん》だよ。ばかにしやがって」と繰《く》り返した。

婚約者《こんやくしゃ》は、うつむきながら、くすくすと笑い、

「だって、御坂峠《みさかとうげ》にいるのですし、富士《ふじ》のことを訊《き》かないと悪いと思って」

おかしなことを言うと思った。

甲府《こうふ》から帰ると、呼吸《こきゅう》ができないくらいに、ひどく肩《かた》が凝《こ》っていた。

「いいねえ、おかみさん。やはり御坂《みさか》はいいよ。我《わ》が家に帰って来たような気分だ」

夕食後、おかみさんと娘《むすめ》さんが、代わる代わる肩《かた》をたたいてくれた。おかみさんの拳《こぶし》は固く、効果抜群《こうかばつぐん》であったが、娘《むすめ》さんの拳《こぶし》は柔《やわ》らかく、あまり効《き》かなかった。

「もっと強く」と私《わたし》は娘《むすめ》さんに言った。

娘《むすめ》さんは薪《たきぎ》を持ってきて、それで私《わたし》の肩《かた》をとんとんとたたいた。そうしなければ凝《こ》りが取れないほど、私《わたし》は甲府《こうふ》で緊張《きんちょう》し、一心不乱《いっしんふらん》に事に当たっていたのだ。

甲府《こうふ》から帰って二、三日は、ぼんやりとして、仕事をする気が起きなかった。机《つくえ》

の前に座《すわ》って、タバコを七箱も八箱も吸《す》いながら、とりとめのない落書きをした。それにも飽《あ》きると、寝《ね》ころんで「金剛石《こんごうせき》も磨《みが》かずば」という唱歌を、繰《く》り返し歌ってみたりするばかりで、小説は一枚《まい》も書き進めることができなかった。

「お客さん。甲府《こうふ》へ行ったら、怠《なま》け者になっちゃったね」

朝、私《わたし》が机《つくえ》に頬杖《ほおづえ》をつき、目をつむってあれこれ考えていたら、背後《はいご》からとげとげしい声が届《とど》いた。床《とこ》の間《ま》を拭《ふ》いていた茶屋の娘《むすめ》さんだった。

「そうか。怠《なま》け者になったか……」

振《ふ》り向きもせず、私《わたし》は答えた。

「なったよ。この二、三日ちっとも仕事、進んでないじゃない。毎朝、お客さんが書き散らした原稿《げんこう》、番号順に揃《そろ》えるのが好きだったの。たくさん書いてあればあるほど、やりがいを感じた。夕べもあたし、そっと様子を見に来たの、知らなかったでしょう？　お客さん、頭から布団《ふとん》被《かぶ》って、高いびきだったから」

ありがたいことだと思った。娘《むすめ》さんは、何の報酬《ほうしゅう》も期待せず、私《わたし》を応援《おうえん》してくれていたのだ。美しい心を持った娘《むすめ》だと思った。

十月末になると、山の紅葉《こうよう》も黒ずんで汚《きたな》くなった。一夜嵐《あらし》があって、みるみる山は暗い冬木に覆《おお》われてしまった。遊覧《ゆうらん》の客も、今はほとんど、数えるほどしかいない。

茶屋も寂《さび》れてしまった。時々おかみさんが、六歳《さい》になる男の子を連れ、麓《ふもと》の船《ふな》津《つ》、吉田《よしだ》に買い物に行くので、その間私《わたし》は娘《むすめ》さんと二人で取り残された。退屈《たいくつ》して表をぶらぶら歩きまわり、裏口《うらぐち》で洗濯《せんたく》していた娘《むすめ》さんに近寄《ちかよ》って、

「退屈《たいくつ》だね」

と大声で笑いかけたら、娘《むすめ》さんはうつむいてしまった。その顔を覗《のぞ》き込《こ》んで、はっとなった。泣いているのだ。怖《こわ》かったのだろう。ショックを受けた私《わたし》は、回れ右をして、落ち葉が敷《し》きつめられた細い山道を、ずんずんと大股《おおまた》で歩いた。

それからは、娘《むすめ》さん一人きりのときには、なるべく二階の部屋から出ないよう気をつけた。茶屋に来客があったときだけは、娘《むすめ》さんを守るため、二階から降《お》りて、

茶屋の片隅《かたすみ》に腰《こし》を落ち着け、ゆっくりと茶を飲んだりした。

花嫁姿《はなよめすがた》の客が、紋付《もんつき》きを着た老人二人に付き添《そ》われ、車でやって来て、茶屋で一休みしたことがある。そのときも、茶屋には娘《むすめ》さん一人しかいなかった。私《わたし》は例によって、二階から降《お》り、隅《すみ》の椅子《いす》に腰《こし》を下ろして、タバコをふかしはじめた。

花嫁《はなよめ》は裾模様《すそもよう》の長い着物を着て、金襴《きんらん》の帯を締《し》め、角隠《つのかく》しをかぶっていた。正式の礼装《れいそう》である。普通《ふつう》の客ではなかったから、娘《むすめ》さんもどう接客《せっきゃく》してよいかわからない様子で、お茶を注いだ後は、私《わたし》の背後《はいご》にひっそり隠《かく》れるように立ち、黙《だま》って花嫁《はなよめ》を見つめていた。

峠《とうげ》の向こう側から、反対側にある船津《ふなつ》か、吉田《よしだ》町に嫁入《よめい》りに来たのであろう。一生に一度の晴れの日に、この峠《とうげ》で一休みし、富士《ふじ》を仰《あお》ぐというのは、はたで見ていても、くすぐったい程《ほど》ロマンチックだった。

花嫁《はなよめ》はそっと茶屋から出て、崖《がけ》のふちまで行き、ゆっくり富士《ふじ》を眺《なが》めはじめた。脚《あし》を交差させた、勇ましい姿《すがた》で立っていた。その泰然《たいぜん》とした様子を、富士《ふじ》と共に観《かん》賞《しょう》していると、突然花嫁《とつぜんはなよめ》が富士《ふじ》に向かって大あくびをした。

「あっ！」

と娘《むすめ》さんが、背後《はいご》で小さな叫《さけ》び声を上げた。大あくびに気づいたのだろう。

やがて、花嫁《はなよめ》の一行は待たせていた車に乗り、去っていった。この花嫁《はなよめ》は、その後私《わたし》と娘《むすめ》さんにさんざんに言われた。

「慣《な》れた感じだったね。きっと二度目、いや、三度目くらいの結婚《けっこん》じゃないか？麓《ふもと》でお婿《むこ》さんが待っているだろうに、車でやって来て、富士《ふじ》を眺《なが》めるなんて。初めての嫁入《よめい》りだったら、そんな余裕《よゆう》のあること、できるわけがない」

「あくびしたのよ」

娘《むすめ》さんも、激《はげ》しく同意した。

「大口開けてあくびして、なんか図々しい感じがした。お客さん、あんな人をお嫁《よめ》さんにもらっちゃダメだよ」

私《わたし》は年がいもなく、赤面した。私《わたし》の結婚話《けっこんばなし》も好転し、ある先輩《せんぱい》に全面的にサポートしてもらうことになった。結婚式《けっこんしき》は、二、三人の身内だけに立ち会ってもらい、貧《まず》しくも厳粛《げんしゅく》に、その先輩《せんぱい》の自宅《じたく》で執《と》り行う運びとなったのだ。私《わたし》は人の情《なさ》けに、少年のように感激《かんげき》していた。

十一月になると、御坂《みさか》の寒さは耐《た》えがたくなった。茶屋では、ストーブを焚《た》いた。

「お客さん、二階は寒いでしょ。お仕事のときは、ストーブの近くでなさったら？」

とおかみさんは言ったが、私《わたし》は衆目《しゅうもく》の集まるところで仕事はできないたちなので、断《ことわ》った。心配したおかみさんは、麓《ふもと》の吉田《よしだ》町に行き、こたつを買ってきてくれた。

私《わたし》は二階の部屋で、こたつにもぐり、三分の二ほど雪をかぶった富士《ふじ》や、冬木に覆《おお》われた近くの山々を眺《なが》めながら、峠《とうげ》を降《お》りる決意をした。これ以上ここで、皮膚《ひふ》を刺《さ》すような寒さに耐《た》えることが、無意味に思えてきたのだ。お世話になった茶屋の人たちには、心からお礼を言いたかった。

峠《とうげ》を去る前日、私《わたし》はどてらを二枚《まい》重ね着し、椅子《いす》に腰《こし》かけて熱い番茶をすすっていた。ふと見ると、防寒《ぼうかん》コートを羽織《はお》った、タイピストでもやっているのであろうか、知的な感じの若《わか》い女性《じょせい》がふたり、トンネルの方から歩いてきた。何やらきゃっきゃっと陽気にはしゃいでいたが、眼前《がんぜん》に現《あらわ》れた真っ白い富士《ふじ》に心を奪《うば》われたのか、いきなり立ち止まった。

ひそひそと話し合うなり、二人のうちのひとり、メガネをかけた色白の女性《じょせい》が、笑みを浮《う》かべながら、私《わたし》の許《もと》にやってきた。

「すみません。写真を撮《と》っていただけますか？」

答えに窮《きゅう》してしまった。私《わたし》は機械のことには詳《くわ》しくないし、写真の趣味《しゅみ》もなかった。おまけに、どてらを重ね着したむさ苦しい姿《すがた》で、茶屋の人たちからは山賊《さんぞく》みたいだと笑われていた。おそらく東京から来たであろう、垢《あか》ぬけた女性《じょせい》たちから、流行の最先端《さいせんたん》のような頼《たの》み事をされ、内心ひどく狼狽《ろうばい》していた。

だが、こんな姿《すがた》はしていても、見る人が見れば、どこかしら繊細《せんさい》な雰囲気《ふんいき》をかもし出しているのかもしれない。カメラの操作《そうさ》くらいは、器用にできるほどの男に見えたのだろう。

こう思い直すと、ちょっとうきうきした気分になったが、私《わたし》は平静を装《よそお》い、娘《むすめ》さんの差し出すカメラを受け取った。何気ない口調でシャッターの切り方をたずね、内心びくびくしながらファインダーを覗《のぞ》いた。

真ん中に大きな富士《ふじ》。その下に小さなけしの花がふたつ。お揃《そろ》いの赤いコートを着こんだ二人は、抱《だ》き合うように寄《よ》り添《そ》い、ツンと澄《す》まし顔になった。可笑《おか》しくて、カメラを持つ手が震《ふる》えてしまった。笑いをこらえ、ファインダーを覗《のぞ》き込《こ》むと、取り澄《す》ました顔に、ますます拍車《はくしゃ》がかかった。

ピントを絞《しぼ》るのに苦労したので、私《わたし》は女性《じょせい》たちを視界《しかい》の外に追いやり、富士山《ふじさん》だけに焦点《しょうてん》を合わせ、シャッターを押《お》した。

富士山《ふじさん》、さようなら。お世話になりました。パチリ。

「はい。撮《と》りました」

「ありがとう」

二人が声をそろえてお礼を言った。

家に帰って現像《げんぞう》したら、驚《おどろ》くことだろう。富士山《ふじさん》だけがでかでかと写って、二人の姿《すがた》はどこにも見えないのだから。

翌日《よくじつ》、峠《とうげ》を降《お》りた。甲府《こうふ》の安宿に一泊《ぱく》したあくる朝、廊下《ろうか》の朽《く》ち果てそうな手すりに寄《よ》りかかって、富士《ふじ》を仰《あお》いだ。甲府《こうふ》の富士《ふじ》は、山々の後ろから三分の一ほど顔を出していた。ホオズキに似《に》ていた。

黄《おう》金《ごん》風景

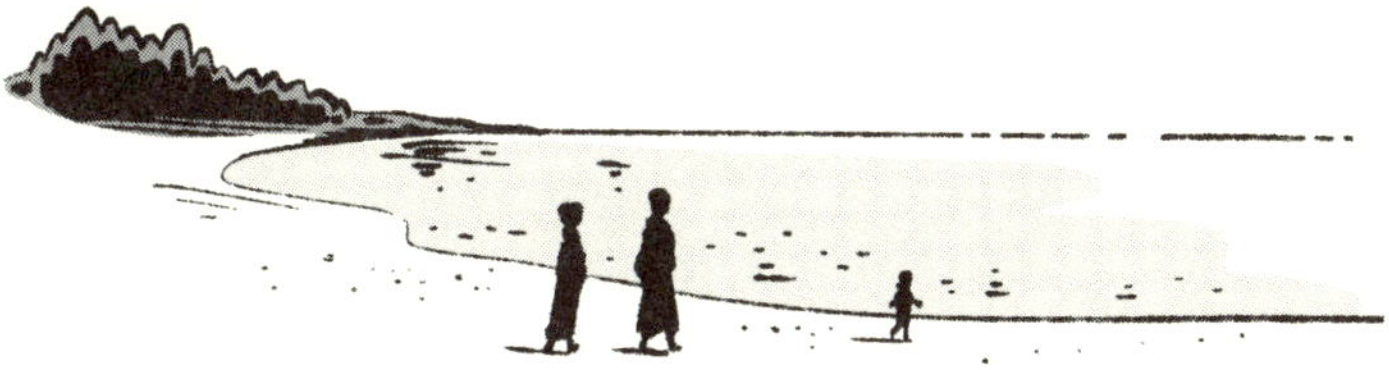

海の岸辺に緑なす樫《かし》の木、その樫《かし》の木に黄金の細き鎖《くさり》のむすばれて

――プウシキン――

わたしは子どものときには、あまり質《たち》のいいほうではなかった。女中をいじめた。どんくさいことが嫌《きら》いだったので、どんくさい女中をいじめぬいた。

お慶《けい》は、どんくさい女中だった。りんごの皮をむかせても、二度も三度も手を休め、虚空《こくう》を見つめているので、その都度厳《きび》しく叱咤《しった》しないと、片手《かたて》にりんご、もう一方の手にナイフを握《にぎ》ったまま、いつまでもボ～っとしているのだ。知的な障《しょう》がいがあるのではないかと、疑《うたが》った。

キッチンで、何もせず、ただのっそりつっ立っている姿《すがた》を、よく見かけた。子ども心にも、みっともなく、不快《ふかい》だったので、「おい、お慶《けい》。一日は短いんだよ」などと、大人びた、今思うと、背筋《せすじ》が寒くなるような、ひどい言葉を投げつけた。

それでも足りず、わたしの絵本にあった、軍事パレードをしている兵士《へいし》のイラストを、ひとりひとりハサミで切りぬくことを命じた。馬に乗っている者、旗を持っている者、銃《じゅう》を担《かつ》いでいる者など、総勢《そうぜい》数百人はいただろう。

不器用なお慶《けい》は、朝からずっと、昼食もとらず、日暮《ひぐ》れまでかかって、やっと三十人くらいを切りぬいた。それも大将《たいしょう》のひげを半分切り落としたり、銃《じゅう》を持つ兵隊の手を、熊の手のように、大きく切りぬいたりしていた。

夏のことで、お慶《けい》は汗《あせ》っかきだったから、わたしにいちいち怒鳴《どな》られるたびに、切りぬかれた兵隊たちは、手の汗《あせ》でぐっしょりと濡《ぬ》れ、ついにわたしはブチ切れて、お慶《けい》に蹴《け》りを入れた。肩《かた》を蹴《け》ったはずなのに、お慶《けい》は頬《ほお》をおさえ、ばっと泣き伏《ふ》せた。

「親にさえ、顔を踏《ふ》まれたことがないのに……一生おぼえております」

うめくような口調で、とぎれとぎれ言うので、さすがに後味が悪かった。

それからも、事あるごとに、まるでそれが天命であるかのように、わたしはお慶《けい》をいじめた。今でも、多少そうであるが、わたしは無知で愚鈍《ぐどん》な者が許《ゆる》せないのだ。

一昨年、わたしは家を追われた。一夜のうちに窮迫《きゅうはく》し、巷《ちまた》をさまよい、知り合いに泣きつきながら、その日その日のいのちを繋《つな》いだ。

文筆で、自活できるあてがつきはじめた刹那《せつな》、病に倒《たお》れた。人々の情《なさ》けで、ひと夏、千葉県船橋で、海のすぐ近くの小さな家を、借りることができた。

自炊《じすい》の保養《ほよう》をしながら、毎晩《まいばん》、パジャマをしぼるほどの寝汗《ねあせ》と戦った。毎朝飲む、冷たい牛乳《ぎゅうにゅう》だけが、唯一《ゆいいつ》の喜《よろこ》びだった。庭の隅《すみ》に咲《さ》いた、きょうちくとうの花が、メラメラ燃《も》える炎《ほのお》のように見えたほど、わたしの頭は、ぼんやりとしていた。

ある日、四十がらみのやせて小柄《こがら》な警官《けいかん》が、戸籍《こせき》調べのために、やってきた。玄《げん》関《かん》で、帳簿《ちょうぼ》の名前と、わたしのひげ面を見比《みくら》べながら、「おや、あなたは……のお坊《ぼっ》ちゃんじゃございませんか？」などと言う。

その言葉には、強い故郷《こきょう》のなまりがあった。そうです、と答え、あなたは？と、逆《ぎゃく》に質問《しつもん》した。

警官《けいかん》は、やせた顔に満面の笑みを浮《う》かべ、

「やはりそうでしたか！　お忘《わす》れかもしれませんが、かれこれ二十年近く前、わたしはKで馬車屋をしておりました」

Kは、わたしの生まれた村である。

「ごらんの通り」

わたしは、にこりともせず応《おう》じた。

「わたしも、今は落ちぶれました」

「とんでもない」

警官《けいかん》は、なおも楽し気に笑いながら、

「小説をお書きになるのだから、それは大した出世ですよ」

わたしは苦笑いした。

「ところで」と、警官《けいかん》は少し声を落とし、「お慶《けい》が、いつもあなたの噂《うわさ》をしています」

「おけい？」

すぐには、のみこめなかった。

「お慶《けい》ですよ。お忘《わす》れですか？　ご実家の女中をしていた――」

思い出した……。

ああ、と思わずうめいて、玄関《げんかん》にしゃがみ込《こ》み、頭《こうべ》をたれた。どんくさかったひとりの女中に対する、かつての悪行の、ひとつひとつが、はっきりと思い出される。

「あの人は、幸せにしていますか？」

そんな質問《しつもん》をするわたしは、罪人《ざいにん》か被告《ひこく》のような、卑屈《ひくつ》な笑みを浮《う》かべていたに違《ちが》いない。

「ええ。それはもう」

警官《けいかん》は、屈託《くったく》なく答えて、ハンカチで額《ひたい》の汗《あせ》をぬぐった。

「今度、お慶《けい》を連れて、お礼にあがりますよ。かまいませんでしょう？」

わたしは、飛び上がらんばかりに、驚《おどろ》いた。いいえ、それには及《およ》びませんよ、と、はげしく拒否《きょひ》した。言い知れぬ恥《は》ずかしさに、身もだえした。

しかし、警官《けいかん》は朗《ほが》らかに続けた。

「子どもが、ここの駅に勤《つと》めるようになりまして。長男です。それから男、女、女。末の子が八つで、今年小学校に上がりました。もう、一安心です。お慶《けい》も苦労しました。なんというか、まあ、ご実家のような大家で行儀《ぎょうぎ》見習いした者は、やはりどこか、ちがいますすね」

すこし顔を赤らめて、笑いながら、

「お慶《けい》も、しょっちゅうあなたの噂《うわさ》をしています。こんどの公休日に、一緒《いっしょ》にお礼にうかがいます」

そして、急に真面目な顔になり、

「それでは、今日は失礼いたします。お大事に」

それから三日後、わたしは、仕事のことよりも、金銭《きんせん》のことで悩《なや》み、じっとしていられなくなって、竹のステッキを手に、浜辺《はまべ》に出ようとしていた。

玄関《げんかん》の戸をがらがら開けると、外に三人、浴衣《ゆかた》を着た父母と、赤い服を着た女の子が、絵のように美しく並《なら》んで立っていた。お慶《けい》の家族だった。

わたしは、自分でも驚《おどろ》くほどの、怒気《どき》を含《ふく》んだ大声を上げた。

「来たのですか⁉　これから用事があって、出かけなきゃならんのですよ。お気の毒《どく》だが、またの日にしてください」

お慶《けい》は、品のいい、年配の女性《じょせい》になっていた。女の子は、女中のころのお慶《けい》そっくりの、どんくさそうな濁《にご》った目で、ぼんやりとわたしを見上げていた。

お慶《けい》が一言も発しないうちに、わたしは、逃《に》げるように、飛び出した。ステッキで、雑草《ざっそう》をなぎ払《はら》い、一度もうしろを振《ふ》り返らず、ずんずんと地団駄《じだんだ》を踏《ふ》むように、海岸沿《ぞ》いを、町に向かってまっすぐ歩いた。

町に着くなり、意味もなく、映画館《えいがかん》の看板《かんばん》を見上げたり、呉服屋《ごふくや》のショーウィンドウをながめたりした。心のどこかで、負けた、負けた、と囁《ささや》く声が聞こえ、何度も舌打《したう》ちした。

どうにも治まらない気持ちを抱《かか》えたまま、また歩き、三十分ほど経《た》っただろうか、わたしは、家のすぐ近くまで戻《もど》っていた。

浜辺《はまべ》でわたしは立ち止まった。前方に、心温まる風景があった。親子三人、のどかに海に石の投げっこをしては、笑いに興《きょう》じている。楽し気な声が、ここまで届《とど》いた。

警官《けいかん》の夫が、うんと力を込《こ》め、石を投げて、

「なかなか、頭のよさそうな方じゃないか。あの人は、いまに偉《えら》くなるぞ」

「そうですとも、そうですとも」

お慶《けい》が、誇《ほこ》らしげな高い声で、うなずく。

「あの方は、幼《おさな》いころから人と違《ちが》ってた。目下の者にも、それは親切に接《せっ》してくれ

たわ」
わたしは立ったまま、泣いていた。尖《とが》った気持ちが、涙《なみだ》で心地よく流れていった。
負けた——。だが、これはいい負け方だ。
そうでなければならない。
彼《かれ》らの勝利は、わたしの明日の出発にも、光を与《あた》えてくれる。

女生徒

朝、目をさましたときの気分は、ちょっと不思議。

かくれんぼで、真っ暗な押入《おしい》れの中に、じっと、しゃがんでると、突然《とつぜん》ガラッと襖《ふすま》が開いて、日の光がどっと目に飛び込《こ》んできて、でこちゃんに「みーつけたっ!」って大声で言われて、まぶしさ、それから、変な間《ま》の悪さで、胸《むね》がどきどきして、服の前を合わせながら、ちょっと照れくさい気分で、押入《おしい》れから出るけど、急にむかむか腹立《はらだ》たしくなるような、あの感じ?

いや。ちがう、ちがう! あの感じでもない。何だかもっと、やりきれないような……。

箱を開けると、その中に、また小さい箱があって、その小さい箱を開けると、もっと小さい箱があって、それを開けると、もっともっと小さい箱が出てきて……こんな具合に、七つも八つも開けていくと、最後にサイコロくらいの小さな箱が出てきて、それを、そっと開けてみると、何もない、からっぽ、あの感じに少し近いかな。

パッと目がさめるなんて、あれはウソ。にごってにごって、そのうちでん粉《ぷん》がだんだん沈《しず》んでいって、少しずつ上澄《うわず》みができて、疲《つか》れてやっと目がさめる。

朝は何だか、いや。悲しいことが、たくさん心に浮《う》かんで、やりきれない。朝のわたしは、一番醜《みにく》い。足がくたくたに疲《つか》れて、起き上がりたくない。ちゃんと眠《ねむ》れてないせいかな。

朝は健康だなんて、あれはウソ。朝は、いつもいつも灰色《はいいろ》。虚無《きょむ》って感じ。朝の布団《ふとん》の中で、わたしはいつも人生がイヤになる。いろいろ醜《みにく》い後悔《こうかい》ばかり、一度にどっと押《お》し寄《よ》せて胸《むね》を塞《ふさ》ぐから、身悶《みもだ》えしちゃう。

朝は、意地悪。

「おとうさん」と、小声で呼《よ》んでみる。ちょっと気恥《きは》ずかしいような、うれしいような気分で起きて、素早《すばや》く布団《ふとん》をたたむ。

ヨイショ、と声を出して、はっとした。わたしは今まで、ヨイショなんて言ったことはない。ヨイショなんて、おばあちゃんみたい。どうして、こんなこと言ったんだろう。わたしの中に、おばあちゃんがいるのかな。

他人のカッコ悪い歩き方を笑いながら、ふと、自分もそんな歩き方をしているのに、気づいたときみたいな、気まずさ。これからは、気をつけなくちゃ。

朝はいつでも自信がない。

パジャマのままで、鏡台の前に座《すわ》る。メガネをかけないで、鏡を覗《のぞ》くと、顔が少しぼやけて、しっとりと見える。

メガネは嫌《きら》いだけど、かけていない人にはわからないよさもある。

メガネを取って、遠くを見るのが好き。全体がかすんで、夢《ゆめ》のように、覗《のぞ》き絵みたいにすばらしい。汚《きたな》いものなんて、何も見えない。鮮明《せんめい》な強い色、光だけが目に入ってくる。

メガネを取って、人を見るのも好き。相手の顔が、みんな優《やさ》しく、きれいに笑って見える。

メガネを外しているときは、人と喧嘩《けんか》したいなんて、絶対《ぜったい》思わないし、悪口も言いたくない。ただ黙《だま》って、ポカンとしているだけ。そんなときのわたしは、お人好しに見えるだろうから、なおさらポカンと安心して、甘《あま》えたくなる。心が、すっごく優《やさ》しくなるの。

だけど、やっぱりメガネはいや。メガネをしてると、顔が死んでしまう。顔から生まれる、いろいろな情緒《じょうちょ》、ロマンチック、美しさ、激《はげ》しさ、弱さ、あどけなさ、哀愁《あいしゅう》みたいなものすべてが、メガネに殺《ころ》される。目で話すことも、できない。

メガネは、怪物《かいぶつ》。だって顔の中で一番美しい目を、覆《おお》うんだもの。

鼻や口はどうでもよくて、その目を見てると、もっと自分が美しく生きなければ、と思わされるような目が理想。わたしの目は、ただ大きいだけだ。じっと自分の目を見ていると、がっかりする。

おかあさんでさえ、つまらない目だと言う。こんな目を、光のない目って言うのかな。ホント、ひどい。鏡を見るたびに、潤《うるお》いのあるいい目になりたいと、つくづく思う。

青い湖のような目、青い草原に寝《ね》て大空を見ているような目、それで時々、雲が流れて映《うつ》る。鳥の影《かげ》まではっきり映《うつ》る――。美しい目の人と、たくさん会ってみたい。

今日から五月。少しうきうきした気分。もう夏も近いと思うと、幸せ。

庭に出たら、イチゴの花が目にとまった。おとうさんが死んだという事実が、不思議に感じる。死んでいなくなるってことが、理解《りかい》しにくい。おねえさんや、別れた人や、長い間会っていない人たちが、懐《なつ》かしい。

どうも朝はセンチメンタルな気分になる。過《す》ぎ去ったこと、だいぶ前に関係のあった人たちの記憶《きおく》が、よみがえる。

ジャピイとカア（かわいそうな犬だから、カアって名前をつけた）が二匹《ひき》でもつれ合いながら、走ってきた。二匹《ひき》を落ち着かせ、ジャピイだけをいっぱい撫《な》でてあげた。ジャピイの光る真っ白い毛は、美しいけど、カアの毛は汚《きたな》い。

ジャピイだけを可愛《かわい》がっててると、カアが悲しそうな顔をするのは、ちゃんと知ってる。カアに障《しょう》がいがあることも。カアが可哀《かわい》そうで可哀《かわい》そうでたまらないから、わざと意地悪をしてるんだ。

カアは、野良犬みたいに見えるから、いつ駆除《くじょ》されてしまうか、わからない。カアは足が悪いから、逃《に》げきれないだろう。

カア、早く山の中にでも行きなさい。おまえは誰《だれ》にも可愛《かわい》がられていないのだから、早く死ねばいい。わたしはカアだけじゃなく、人間にもひどいことをする。人を困《こま》らせて喜《よろこ》ぶ、本当にイヤな子なんだ。

縁側《えんがわ》に座《すわ》って、ジャピイの頭をなでながら、目にしみる青葉を見てると、悲しくなって、土の上に寝《ね》ころびたいような気持ちになった。泣こうと思った。息をつめて、目を充血《じゅうけつ》させれば涙《なみだ》がでるかもって、やってみたけど、ダメだった。もう、泣けない女になったのかもしれない。

あらためて、部屋の掃除《そうじ》をはじめる。箒《ほうき》で掃《は》きながら、「唐人《とうじん》お吉《きち》」を歌った。ちょっと、あたりを見回したような感じかな。だって、ふだんはモーツアルトやバッハに熱中してるはずの自分が、無意識《むいしき》に唐人《とうじん》お吉《きち》なんて歌ってるんだもの。

布団《ふとん》を持ち上げるとき、「ヨイショ」って言ったり、掃除《そうじ》しながら唐人《とうじん》お吉《きち》を歌うようじゃ、自分ももう、ダメかなって思う。こんなことじゃ、寝言《ねごと》なんかでどんなに下品なことを言いだすか、不安でならない。とはいえ、何だかおかしくなって、箒《ほうき》の手を休めて、ひとり、笑った。

きのう縫《ぬ》い上げた、新しい下着を着る。胸《むね》のところに、小さな白いバラを刺繍《ししゅう》したやつ。上着を着ちゃうと、バラは見えなくなる。誰《だれ》にもわからないけど、ちょっと得意《とくい》な気分。

おかあさんは、誰《だれ》かの縁談《えんだん》のために忙《いそが》しそう。朝早くから出かけてる。

わたしが小さい頃《ころ》から、おかあさんは人のために尽《つ》くしてる。慣《な》れっこになってるけど、ホント、驚《おどろ》くほど、しじゅう動いてるおかあさんだ。尊敬《そんけい》する。

おとうさんが、自分のための勉強ばかりしてたから、おかあさんは、おとうさんの分まで、他人に尽《つ》くすんだと思う。おとうさんは、社交とか、まるで縁《えん》がなかったけど、おかあさんは、気持ちのよい人たちの集まりを作るのが得意《とくい》。二人は違《ちが》ってたけど、お互《たが》い尊敬《そんけい》し合ってた。醜《みにく》いところのない、美しい安らかな夫婦《ふうふ》みたいな？　ちょっと生意気かな。

お味噌汁《みそしる》が温まるまで、勝手口に腰《こし》かけて、前の雑木林《ぞうきばやし》をぼんやり見てた。そしたら、前にも、これから先にも、こんな姿勢《しせい》で、そっくり同じことを考えながら、雑木林《ぞうきばやし》を見ていた？　見ている？　ような気がした。現在《げんざい》、過去《かこ》、未来が、一瞬《いっしゅん》のうちに感じられたような、不思議な気分。

でも、こういうことは時々ある。

例えば、誰《だれ》かと部屋に座《すわ》って話をしている。視線《しせん》がテーブルのすみから動かないで、口だけが動いてる。こんなときに、変な錯覚《さっかく》を起こす。いつだったたか、こんな同じ状態《じょうたい》で、同じことを話しながら、やはりテーブルのすみを見てた。またこれから先も、同じことが起きるって、信じちゃう気持ちになる。

どんなに遠くの田舎道《いなかみち》を歩いていても、この道はいつか来た道、って思う。歩きながら、道ばたの豆の葉っぱをむしり取っても、やはり、この道のここのところで、この葉っぱをむしり取ったことがある、って思う。そして、また、これから何度も何度も、この道を歩いて、ここのところで葉っぱをむしり取るんだって、信じる自分がいる。

また、あるとき、お湯につかって、ふと、手を見た。そしたら、これから何年かたって、またお湯に入ったとき、今、何気なく手を見て、感じたことを、きっと思い出すに違《ちが》いない、って思ってしまった。

何だかブルーな気分。

また、ある夕方、ご飯を盛《も》っているときに、インスピレーションっていっては大げさだけど、何か身体にビビッて走り去るものを感じた。なんていおうか、哲学《てつがく》の尻尾《しっぽ》みたいなもの？　ああいうのをつかんで、身体中すみずみまで透明《とうめい》になって、何か、生きていくことにふわって落ち着いたような、音も立てずに、トコロテンがするっと押《お》し出されるような柔《やわ》らかさで、このまま、波のまにまに軽やかに美しく、生きていけるような気がした。

このときは、哲学《てつがく》どころのさわぎじゃない。ドロボウ猫《ねこ》のように、音も立てずに生きていく予感なんて、ろくなことないって、むしろ恐《おそ》ろしかった。

あんな気持ちが、ずっと続くと、人は神が乗り移《うつ》ったみたいになっちゃうんじゃないかな。キリスト？　でも女のキリストなんてのは、いやらしい。

結局、あたし、ヒマなんだよね。生活の苦労がないの。だから、毎日たくさんの見たり、聞いたり、の感受性《かんじゅせい》の処理《しょり》ができなくて、いつもポカンとしている。そのうちそいつらが、お化けみたいな顔になって、ポカポカ浮《う》いてくるんじゃないかな。

ダイニングでひとり、ごはんを食べる。今年はじめて、きゅうりを食べる。きゅうりの青さから、夏が来るのを知る。五月のきゅうりの青味には、胸《むね》が空っぽになるような、うずくような、くすぐったいような悲しさがある。

ひとりでごはんを食べてると、すっごく旅行に行きたくなる。汽車に乗りたい。新聞を読む。近衛《このえ》さん（内閣総理大臣《ないかくそうりだいじん》　近衛文麿《このえふみまろ》）の写真が出ている。近衛《このえ》さんて、いい男なの？　あたしは好きじゃないな、こんな顔は。額《ひたい》がきらい。

新聞では、本の広告《こうこく》がいちばん楽しい。一字一行で、百円、二百円って広告料《こうこくりょう》がかかるんだろうから、皆《みな》、一生懸命《いっしょうけんめい》なんだね。一字一句《いっく》、最大の効果《こうか》をねらって、うんうんうなって、絞《しぼ》り出したような名文。こんなにお金のかかる文章は、他にないんじゃないかな。なんだか、痛快《つうかい》。

ごはんを食べ終わって、戸じまりして、さあ登校。雨は降《ふ》らなさそうだけど、おかあさんにもらった雨傘《あまがさ》を、どうしても持っていきたくて、手に取った。このアンブレラは、おかあさんが若《わか》い頃《ころ》、使っていたもの。

いい傘《かさ》をもらって、わたしは少し得意《とくい》。こんな傘《かさ》をさして、パリの下町を歩きたい。今の戦争が終わった頃《ころ》、きっとこんな夢《ゆめ》いっぱいの昔風の雨傘《あまがさ》が、流行《はや》るんじやないかな。

こういう傘《かさ》には、ボンネット帽《ぼう》がよく似合《にあ》う。ピンクの裾《すそ》の長い、衿《えり》の大きく開いた和服に、黒い絹《きぬ》のレースで編《あ》んだ長い手袋《てぶくろ》をして、大きなつばの広い帽子《ぼうし》には、きれいな紫《むらさき》のすみれをつける。で、六月にパリのレストランに、お昼を食べに行く。

もの憂《う》げに軽く頬杖《ほおづえ》して、外を通る人の流れを見てると、誰《だれ》かがそっとわたしの肩《かた》をたたく。急に音楽、バラのワルツ。ああ、なんてステキなの……。

でも現実《げんじつ》は、この古ぼけた、柄《え》のひょろ長い雨傘《あまがさ》一本。みじめになる。マッチ売りの少女。草でもむしって、行きましょうか。

出がけに門の前の草を、少しむしった。おかあさんのお手伝い。今日は、何かいいことがあるかも。

同じ草でも、どうしてこんな、むしり取りたい草と、そっと残しておきたい草があるんだろう。可愛《かわい》い草と、そうでない草。形は同じなのに、可憐《かれん》な草と、毒々《どくどく》しい草に分かれるのはなぜ？

理屈《りくつ》じゃない。女の子の好ききらいなんて、ホント、いい加減《かげん》。

十分くらい、草むしりをした後、駅へ急ぐ。あぜ道を歩きながら、何だか絵を描《か》きたくなる。途中《とちゅう》、神社の森の小道を通る。これは、わたしひとりで見つけた近道。

ふと下を見ると、麦があちこちにかたまって、育ってる。その青々した麦を見てると、ああ、今年も兵隊さんが来たんだとわかる。

去年も、たくさんの兵隊さんと馬が来て、神社の森の中で休んでいった。しばらく経《た》って、そこに行ってみると、麦が今日のように、すくすく育っていた。けれども、麦はそれ以上育たなかった。

今年も、馬の餌桶《えさおけ》からこぼれて、ひょろひょろ育ったこの麦は、まったく日が当たらない暗い森の中で、もうすぐ死んでしまうんだろう。

神社の森の小道を抜《ぬ》け、駅の近くで、四、五人の男の人たちと一緒《いっしょ》になる。いつものことだけど、人に言えないような下品な言葉を、投げかけられた。どうしたらいいか、悩《なや》んだ。

男の人たちを追い抜《ぬ》いて、先に行きたいけど、そのためには彼《かれ》らの合間を、くぐり抜《ぬ》けなければならない。ちょっと怖《こわ》い。かといって、その場に動かず、ずっと立ちっぱなしで、やりすごすのも面倒《めんどう》。罵声《ばせい》を、浴びせられるかもしれない。

身体がほてって、涙《なみだ》があふれそうになった。それをごまかすため、男たちに向かって、笑ってやった。で、ゆっくりと、彼《かれ》らの後を歩いた。

それで終わったんだけど、くやしさは、電車に乗ってからもずっと続いた。こんなくだらないことに、うじうじ悩《なや》まないように、早く、もっと強くなりたい。

扉《とびら》の近くに、空いている席があった。そこに勉強道具を置いて、スカートのひだを直してから、座《すわ》ろうと思ったら、メガネをかけた男の人がやってきて、勉強道具をのけて、さっさと座《すわ》ってしまった。

「あの、そこ、わたしが見つけた席です」

男は苦笑いして、平気で新聞を読み始めた。

よく考えたら、どっちが図々しいのかわからない。もしかしたら、わたしのほうが、図々しいのかも。

しかたなく、傘《かさ》と勉強道具を網棚《あみだな》に乗せ、吊革《つりかわ》にぶらさがって、雑誌《ざっし》のページをペラペラめくっているうちに、ふと思った。

わたしから読書を奪《うば》ってしまったら、きっと泣きべそをかくことだろう。それほどわたしは、本に頼《たよ》ってる。ひとつの本を読んでは夢中《むちゅう》になり、信頼《しんらい》し、同化し、共鳴し、それに生活をくっつけてみる。

だけど、他の本を読むと、たちまちクルッと変わって、そっちに同化する。人のものを盗《ぬす》んできて、ちゃっかり自分のものに作り直す才能《さいのう》、っていうか、ずるさはわたしの唯一《ゆいいつ》の特技《とくぎ》。ホント、このずるさは恥《は》ずかしい。

毎日毎日、失敗に失敗を重ねて、大恥《おおはじ》をかいていたら、少しは厚《あつ》みのある人間になるのかもしれない。だけど、そんな失敗にさえ、へ理屈《りくつ》をこねて、上手につくろい、それらしく見える理論《りろん》をひねり出すような苦肉の演技《えんぎ》を、得々《とくとく》とやってしまうのかもしれない。

（こんな言葉も、どこかの本で読んだことがある）

ホントにわたしは、どれが本当の自分かわからない。読む本がなくなって、真似《まね》する手本がなんにも見つからなくなったときには、わたし、どうしたらいいんだろう。手も足も出ない状態《じょうたい》で、むやみに鼻をかんでばかりいるかもしれない。

毎日電車の中で、こんなうじうじ考えてるばかりじゃダメ。身体が妙《みょう》にほてって、いやな感じ。なんとかしなければ、どうにかしなければ、って思うんだけど、どうにもならない。

これまでの、わたしの自己批判《じこひはん》なんか、まるで意味がなかった。いやな、弱いところに気づくと、すぐ甘《あま》くなって、いたわって、あまり厳《きび》し過《す》ぎるのはよくない、みたいに結論《けつろん》するんだから。これって、批判《ひはん》でもナンでもないよね。何も考えない方が、むしろマシ。

この雑誌《ざっし》にも「若《わか》い女性《じょせい》の欠点」って見出しで、いろんな人が書いている。読んでいくうちに、自分のことを言われているようで、恥《は》ずかしくなる。

ふだんからバカだなと思ってる人は、その通りバカなこと書いてるし、写真で見て、おしゃれだなって思った人は、おしゃれな言葉づかいをしている。そういうのがおかしくて、時々クスクス笑いながら、読み進めていく。

宗教家《しゅうきょうか》は、すぐに信仰《しんこう》を持ち出すし、教育家は、初めから終わりまで、恩《おん》、恩《おん》、って書いてる。政治家《せいじか》は、漢詩を持ち出し、作家は気取って、おしゃれな言葉を使う。うぬぼれてるんだね。

でも、みんな、なかなか的確《てきかく》なこと、書いてる。個性《こせい》のないこと。深みがないこと。正しい希望や、正しい野心から、遠く離《はな》れていること。つまり理想のないこと。批判《ひはん》はあっても、自分の生活が変わるよう、積極的に動かないこと。無反省。本物の自覚、自愛、自重がない——。

勇気ある行動を取っても、そのあらゆる結果に、責任《せきにん》が持てるかどうか。自分を取り巻《ま》く小さな世界の、生活様式にはうまく順応《じゅんのう》しているけど、その小さな世界自体に、深い愛情《あいじょう》を持っていない。本当の意味の謙遜《けんそん》がない。独創性《どくそうせい》にとぼしい。模倣《もほう》にあふれてる。人間本来の「愛」の感覚が、欠如《けつじょ》しまくってる。上品ぶっていながら、気品がない――。

そのほかにも、たくさんのことが書かれている。本当に、読んでいて、はっとさせられることが多い。決して否定《ひてい》はできない。

だけど、ここに書かれてる言葉全部が、なんだか楽天的な、この人たちの普段《ふだん》の気持ちとは離《はな》れて、ただ書いてみただけ、のような感じがする。

「本当の意味の」とか、「本来の」とかいう形容詞《けいようし》がたくさんあるけど、「本当」の愛、「本来」の自覚って、どんなものか、はっきりくっきり書かれてない。

この人たちは、わかっているのかもしれないけど、それなら、もっと具体的に書いてほしい。ただ一言、右へ行け、左へ行け、って権威《けんい》を持ってでも、指し示《しめ》してくれたほうが、どんなにありがたいかわからない。

わたしたち、愛の表現《ひょうげん》方法を見失ってるんだから、「あれもいけない」、「これもいけない」とは言わずに、「こうしろ」、「ああしろ」って強く言ってほしい。そうしたら、わたしたち、みんなその通りにする。

誰《だれ》も自信がないんだよ。ここに意見を書いてる人たちも、いつでも、どんな状況《じょうきょう》でも、こんな意見を持ってる、っていうわけではないのかもしれない。正しい希望、正しい野心を持ってないって、読者を叱咤《しった》してるけど、わたしたちが、正しい理想を追って行動したら、この人たちはどこまでフォローしてくれるんだろう。

わたしたちは、行くべき最善《さいぜん》の場所、行きたいって思うような美しい場所、自身を伸《の》ばしていくべき場所、なんかを、おぼろげながら、わかってる。それこそ、正しい希望、野心を持ってるんだよ。確固《かっこ》たる信念を持ちたいと、あがいてもいる。だけど、これら全部を実現《じつげん》しようとしたら、どれだけの努力が必要なんだろう。

おかあさん、おとうさん、おねえさん、おにいさんたちの考えも無視《むし》できない。(口では古いとか言ってるけど、人生の先輩《せんぱい》だから、本音では尊敬《そんけい》もしてる) それから、親戚《しんせき》や、友だちや、知人なんかも。それから、いつも大きな力で、わたしたちを押《お》し流す、「世の中」ってやつも。

これらすべてのことを、考えると、自分の個性《こせい》を伸《の》ばすどころの騒《さわ》ぎじゃない。まあ、目立たず、普通《ふつう》の多くの人たちが歩む道を、ただ黙《だま》って進んでいくのが、一番無難《ぶなん》なんじゃない？　って思わずにはいられない。

少数者への教育を、全員に施《ほどこ》すなんて、ずいぶんむごいって感じる。学校で教わる道徳って、世の中の掟《おきて》とはずいぶん違《ちが》うなって、だんだん大きくなるにつれてわかってきた。道徳を守ってると、その人はばかを見る。変人みたいに思われる。出世しないで、いつも貧乏《びんぼう》だ。

嘘《うそ》をつかない人なんて、いないでしょ。もしそんな人がいたら、永遠《えいえん》に敗北者だよ。

わたしの親戚《しんせき》にもひとり、品行方正で、固い信念を持って、理想を追求しているような人がいるけど、親類はみんな、その人のことをばかだって言ってる。そんなばか扱《あつか》いされて、敗北するのが目に見えているのに、おかあさんや、みんなに反対してまで、自分の考えを押《お》し通すことなんて、できない。おっかないじゃない。

小さいころわたしも、自分の考えと、世間の考えが違《ちが》うとき、おかあさんに「なぜ?」ってきいてた。そんな時、おかあさんは、一言で片《かた》づけてから、ひどく怒《おこ》った。悪い子、不良みたいだって、悲しがってた。

おとうさんに、きいたこともある。おとうさんは、ただ黙《だま》って笑ってた。で、後でおかあさんに「ピントのずれた子だ」って言ったみたい。

だんだん大きくなるにつれて、わたしは、おっかなびっくり生きるようになった。洋服を買うにも、世間の目を気にするようになってしまった。

自分の個性《こせい》みたいなものを、本当はこっそり愛してるし、愛し続けたいって思うけど、それをはっきり見せるのはこわい。人々から「良い子」に見られたい。たくさんの人たちが集まった時、わたしはすごく卑屈《ひくつ》になる。本当は口に出したくないこと、気持ちとまったくかけ離《はな》れたことを、ペチャクチャしゃべってる。そのほうが得《とく》だと思うから。イヤな性格《せいかく》だね。

早く変わりたい。こんな卑屈《ひくつ》さも、他人に合わせながら、毎日をだらだらと生活することも、もうたくさん。

あっ、あそこの席が空いた。

急いで網棚《あみだな》から、勉強道具と傘《かさ》を下ろし、すばやく割《わ》り込《こ》む。右隣《みぎどなり》は中学生、左《ひだり》隣《どなり》は、子どもを背負《せお》って半纏《はんてん》を着ている、おばさん。おばさんは年配なのに、ド派《は》手《で》メイクで、流行《はや》りの髪型《かみがた》をしている。顔は綺麗《きれい》だけど、喉《のど》のところにシワが黒く寄《よ》っていて、下品でイヤだった。

人は、立っているときと、座《すわ》っているときでは、考えることが違《ちが》う。座《すわ》っていると、なんだかしょうもないことばかり、考える。

わたしと向かい合ってる席には、四、五人の、年恰好《としかっこう》が同じサラリーマンが、ぼんやりと座《すわ》ってる。三十歳《さい》くらいかな。みんな瞳《ひとみ》がドロンと濁《にご》ってて、気持ち悪い。覇気《はき》がないって、感じ。

けれども、わたしが今、このうちのひとりに、ニッコリ微笑《ほほえ》んだりすると、たったそれだけで、ずるずる引きずられて、しまいにはその人と結婚《けっこん》しちゃうかもしれない。

女性《じょせい》は、自分の運命を決めるのに、微笑《ほほえ》みひとつで充分《じゅうぶん》だから。不思議でおそろしい。気をつけなくちゃ。

今朝はホントに、変なことばかり考える。二、三日前から、うちの庭を手入れに来ている、植木屋さんの顔がチラついて、しかたない。どっからどこまで植木屋さんなんだけど、顔の感じだけが違《ちが》う。大げさに言えば、思想家みたいな顔。色が黒いだけに、引き締《し》まって見える。目がいい。眉《まゆ》が目のすぐ上にある。すごい獅子鼻《ししばな》だけど、それがまた、色の黒いのにマッチして、意志《いし》が強そうに見える。唇《くちびる》のかたちも、なかなかいい。だけど、耳は少し汚《きたな》い。手といったら、それこそ植木屋さんに逆《ぎゃく》もどりだけど、黒いソフト帽《ぼう》をかぶった日陰《ひかげ》の顔は、植木屋さんにしておくには、もったいないような感じ。おかあさんにも、何回も、「あの植木屋さん、はじめから植木屋さんだったの?」ってきいて、しまいには叱《しか》られてしまった。

今日、勉強道具を包んできたこの風呂敷《ふろしき》は、ちょうど、あの植木屋さんがはじめてきた日に、おかあさんからもらったものだ。あの日は、大掃除《おおそうじ》の日で、大工さんや畳屋《たたみや》さんも来ていて、おかあさんが、箪笥《たんす》の中を整理しているとき、この風呂敷《ふろしき》が出てきたので、わたしがもらった。

綺麗《きれい》な、女性《じょせい》らしい風呂敷《ふろしき》。綺麗《きれい》だから、結ぶのが惜《お》しい。こうして座《すわ》って、膝《ひざ》の上に乗せて、何度もそっと見て、撫《な》でる。周りの乗客にも見てもらいたいけど、誰《だれ》も見てくれない。このかわいい風呂敷《ふろしき》を、ちょっと見つめてさえくれれば、わたしは、その人のところへお嫁《よめ》に行ってもいい。

本能《ほんのう》、って言葉が頭に浮《う》かぶと、なんだか泣きたくなる。本能《ほんのう》の大きさ。わたしたちの意思では動かせない、強い力。そんなことがわかってくると、錯乱《さくらん》する。無力さで、頭が真っ白になる。否定《ひてい》も肯定《こうてい》もない、ただ巨大《きょだい》な何かが、ずしんと頭にのしかかってきたような感じ。それがわたしを、あちこち引きずりまわす。引きずられながら、満足している自分と、それを悲しい気持ちで眺《なが》めてる自分が、入り乱《みだ》れる。

なんでわたしたちは、自分だけで満足して、自分だけを一生愛していけないんだろう？　本能《ほんのう》が、わたしの今までの感情《かんじょう》、理性《りせい》を侵食《しんしょく》していくのを放置しているのが、情《なさ》けない。ちょっとでも我《われ》を忘《わす》れると、暗い気持ちになる。

あの自分、この自分にも、本能《ほんのう》がはっきりあることに気づいたときは、ショックだった。おかあさん、おとうさんって、叫《さけ》びたくなる。けれども、真実というものは、案外自分がイヤだと思っているところに、あるのかもしれない。

もう、お茶の水。

プラットホームに降《お》り立つと、なんだか心がリセットされたような気分になる。今までいろいろ考えたことを、思い返そうとしてみたけど、ダメだった。あの続きを考えようと、がんばったけど、頭の中は空っぽ。なんにもない。

その時、その時には、心に響《ひび》いたものもあったし、苦しいやら、恥《は》ずかしいやらもあったはずなのに、過《す》ぎてしまえば、何もなかったのとまったく同じだ。

いま、っていう瞬間《しゅんかん》は、面白い。いま、いま、いまってピン留《ど》めしているうちにも、いま、は遠くへ飛び去って、あたらしい、いま、がやってくる。

橋の階段《かいだん》をトコトコ上りながら、なんなのよ、これって思った。あほくさ。わたしは少し、幸福すぎるのかも。

今朝の小杉《こすぎ》先生は、すっごく綺麗《きれい》。わたしの風呂敷《ふろしき》みたい。美しい青色が似合《にあ》う先生。胸《むね》の真紅《しんく》のカーネーションもいい。

「つくる」ことがなかったら、もっともっとこの先生が、好きなんだけどな。あまりにも、カッコつけ過《す》ぎ。ちょっと無理がある。あれじゃ、疲《つか》れちゃうよ。

性格《せいかく》も、ちょっとどうなの？　って、思う。わからないところが、多すぎ。無理に明るく見せようとしてるし。

でも、やっぱり魅《ひ》かれる女の人だ。学校の先生なんて、させておくのはもったいない。

クラスでは、前ほどの人気はないけど、わたし一人だけは、前と同じに魅《ひ》かれてる。山の中の、湖畔《こはん》にある古城に住んでる令嬢《れいじょう》、みたいなイメージがある。ほめ過《す》ぎかな。

だけど、小杉《こすぎ》先生の話は、どうして、いつもこんなに退屈《たいくつ》なんだろう。頭が悪いんじゃないかな。悲しくなるよ。

さっきから、愛国心について長々しゃべってるけど、そんなこと、わかりきってるって。どんな人にだって、自分が生まれたところを、愛する気持ちはあるし。つまらない。

机《つくえ》に頬杖《ほおづえ》ついて、ぼんやり窓《まど》の外を眺《なが》める。風が強いからなのか、雲が綺麗《きれい》。校庭のすみに、バラが四つ咲《さ》いている。黄色が一つ。白が二つ。ピンクが一つ。

ポカ〜ンと花を眺《なが》めながら、人間にもなかなかいいところがある、って思った。花の美しさを発見したのは、人間だし、花を愛するのも人間だから。

お昼ごはんのとき、怪談《かいだん》を聞かされた。ヤスベエねえさんの、一高《いちこう》七不思議の一つ、「開《あ》かずの扉《とびら》」に、みんな、きゃあきゃあ悲鳴を上げた。おどろおどろしい、っていうより、心理的に迫《せま》ってくるので、こわい。

騒《さわ》ぎ過《す》ぎたから、たった今食べたばかりなのに、もうお腹《なか》が空いてきた。さっそくアンパン夫人から、キャラメルをごちそうになる。

それからまた、怪談《かいだん》がはじまった。こういう話は、例外なく、みんなが興味《きょうみ》を示《しめ》すものらしい。刺激的《しげきてき》だしね。それから、これは怪談《かいだん》じゃないけど、久原房之介《くはらふさのすけ》(日本の実業家。政治家《せいじか》。「鉱山王《こうざんおう》」の異名《いみょう》を取った)の話、面白い。

午後の図画の時間は、皆《みな》で校庭に出て、写生をした。伊藤《いとう》先生は、どうしてわたしを、いつも無意味に困《こま》らせるんだろう。

今日もわたしに、先生のために絵のモデルになるよう、言いつけた。わたしが持ってきた古い雨傘《あまがさ》が、クラスで話題になって、みんなが騒《さわ》ぎたてるものだから、伊《い》藤《とう》先生の目に留《と》まり、その雨傘《あまがさ》を持って、校庭のすみのバラのところに立ってるよう、言われた。

わたしの絵を、今度の展覧会《てんらんかい》に出すんだって。三十分だけ、モデルになってあげることにした。少しでも、人の役に立つのは、うれしいよね。

だけど、伊藤《いとう》先生と二人で向き合ってると、とっても疲《つか》れる。先生の話は、ねちっこくて、へ理屈《りくつ》が多すぎるんだよね。わたしを意識《いしき》しすぎで、スケッチしながらも、しゃべることといえば、わたしのことばかり。

返事するのも、めんどくさい。ハッキリしない人。変に笑ったり、先生のくせに恥《は》ずかしがったり。サッパリしてないし、はっきりいって、キモイ。「死んだ妹を、思い出します」だって。いい人なんだろうけどねー。

まあ、わたしも似《に》たところ、あるけど。でも、わたしはもっとずるくて、キザだ。「わたしは、ポーズばかりつけてる、大嘘《おおうそ》つきだ」とか言ってるけど、これ自体が、ポーズだったりするから。

おとなしくモデルになってあげながらも、「自然になりたい。素直《すなお》になりたい」って祈《いの》ってる。本なんか読むの、止《や》めよう！　観念だけの人生、無意味でゴーマンな知ったかぶりなんか、軽蔑《けいべつ》に値《あたい》する。

人生の目的がないとか、もっと積極的に生きろとか、あれこれ悩《なや》んでるけど、そんなの無意味。自意識過剰《じいしきかじょう》だよ。自分をかわいがって、慰《なぐさ》めているだけ。ずいぶん自分を買いかぶってる。

ああ、こんな心の汚《きたな》いわたしを、モデルなんかにして、先生の絵はきっと落選だ。美しいはずがないもの。

はっきりいえば、伊藤《いとう》先生が、アホに見えてしょうがない。先生は、わたしの下着にバラの刺繍《ししゅう》があることさえ、知らないのに。

だまって同じ姿勢《しせい》で立ってると、なんだか無性《むしょう》に、お金が欲《ほ》しくなってきたりする。十円でいい。「キューリー夫人」が買える。今一番読みたい本。

それから、ふと、おかあさんに長生きして欲《ほ》しいと思った。

先生のモデルをしてるのが、つらい。もう、へとへとだよ。

放課後は、お寺の娘《むすめ》のキン子ちゃんと、こっそり「ハリウッド」に行って、髪《かみ》を結ってもらった。できあがったのを見ると、頼《たの》んだようにできてなかった。まったくかわいくない。下品。ガチで落ち込《こ》んだ。

こんなところで、こっそり髪《かみ》をいじってもらうなんて、なんだかきたならしい一羽の雌鶏《めんどり》にでもなったような気分。すっごく後悔《こうかい》した。こんなところに来るなんて、自分自身を軽蔑《けいべつ》する。

でもキン子ちゃんは、大はしゃぎしてるんだよね。「このまま、お見合いに行こうかな」だって。そのうち、ホントに見合いに行きそうだよ。

「こんな髪《かみ》には、どんな色の花を挿《さ》したらいい？」とか「和服のときの帯は、どんなのがいい？」とか、かなりマジモードになってるし。なんも考えてないんだね。

「だれと見合いするの？」

わたしが笑いながら尋《たず》ねると、

「もち屋は、もち屋っていうからね」

って、答えた。

それって、どういう意味？？

「お寺の娘《むすめ》は、お寺へ嫁入《よめい》りするのが一番いいの。一生食べるのに困《こま》らないしね」

ちょっと、よくわからない……。

キン子ちゃんって、ホント、女の子って感じがする。席が隣同士《となりどうし》ってだけで、そんなに親しくしてるわけじゃないのに、向こうは、わたしのこと、一番の親友だって、みんなに言ってるみたい。かわいい。

一日おきに手紙くれたり、いろいろ助けてくれたりして、まあいい子なんだけど、今日は、あまりにも大げさにはしゃぎ過《す》ぎだから、さすがにイヤになった。キン子ちゃんを置き去りにして、さっさとバスに乗った。ちょっとブルーな気分。

バスの中で、ヤな感じの女の人を見た。

衿《えり》のよごれた和服を着て、もじゃもじゃの赤い髪《かみ》を一本の櫛《くし》に巻《ま》き付けてる。手も足もきたない。それに、女か男か、わからないような、むっとした赤黒い顔をしてる。

そして――ああ、胸《むね》がむかむかする。その女の人は、大きなお腹《なか》をしていた。

て、時々、ひとりでにやにや、笑ってる。雌鶏《めんどり》。

でも、こっそり髪《かみ》を結ってもらうために、ハリウッドなんかに行くわたしだって、この女の人とたいして変わらない。

今朝、電車で隣《とな》り合わせた、ド派手《はで》メイクのおばさんを、思い出した。ああ、きたない。女はイヤだ。女の中の不潔《ふけつ》さが、丸見えで、吐《は》き気がするほど、イヤだ。

金魚をいじったあとの、あの、たまらない生臭《なまぐさ》さが、自分の身体いっぱいに染《し》みついてるようで、洗《あら》っても洗《あら》っても落ちなくて――。こんな感じで、わたしもだんだん、メスの体臭《たいしゅう》をまき散らしていくようになるのかと思ったら、その通り！　って思い当たることもあったりして、いっそこのまま、少女のままで死にたいと思った。

ふと、病気になりたいって、思った。うんと重い病気になって、滝《たき》のような汗《あせ》をかいて、ガリガリに痩《や》せたら、わたしも、すっきり清らかになるかもしれない。

生きてる限《かぎ》り、逃《のが》れられないことなの？　宗教《しゅうきょう》の意味も、ちょっとわかったような気がする。

バスから降《お》りると、少しほっとした。

どうも、乗り物は、いけない。空気が生ぬるくて、気色わるい。大地はいい。土を踏《ふ》んで歩いてると、幸せな気分になる。わたし、やっぱり単純《たんじゅん》だね。

かえろかえろと何見てかえる
畑の玉ねぎ見い見いかえろ
かえろが鳴くからかかえろ

と、小さな声で歌ってみて、われながら、のん気だなーって思った。背《せ》ばかり伸《の》びて、恥《は》ずかしい。いい子になろうって、思った。

帰りの田舎道《いなかみち》は、毎日毎日見慣《な》れてるんで、どれだけ静かな田舎《いなか》なんだか、わからなくなってしまった。ただ、木、道、畑、それだけなんだから。

今日は、ひとつ、他所《よそ》からはじめてこの田舎《いなか》にやってきた人の、真似《まね》をしてみよう。神田あたりの、靴屋《くつや》さんの娘《むすめ》で、生まれてはじめて郊外《こうがい》の土を踏《ふ》む。こういう子にとって、ここはいったいどんな風に見えるんだろう。

すばらしい印象《いんしょう》。悲しい印象《いんしょう》——。

わたしは、あらたまった顔つきをして、わざと大げさに、キョロキョロしてみた。細い並木道《なみきみち》を下るときは、新緑の木々を振《ふ》り仰《あお》いで、「まあ」と小さく叫《さけ》んで、土橋を渡《わた》るときは、しばらく小川をのぞいて、水面に顔を映《うつ》して「ワンワン」と、犬の真似《まね》をして吠《ほ》えてみたり。遠くの畑を見るときは、目を細めて、うっとりと「いいわね」って、ため息をつく。

神社で一休み。神社の森は、暗いので、あわてて立ち上がって、「こわっ」って肩《かた》をすぼめて、そそくさと森を通り抜《ぬ》ける。森の外の明るさに、わざと驚《おどろ》いて——。

はじめて、はじめてって自分に言い聞かせて、田舎《いなか》の道を注意深く歩いてるうちに、なんだか、たまらなくさみしくなってきて、道ばたにペタリと座《すわ》り込《こ》んだ。そしたら、つい今しがたまでのウキウキした気分が、急速にしぼんだ。

わたしは、近ごろの自分を、静かにゆっくりふり返ってみた。どうして、近ごろの自分がダメなのか？　どうしてこんなに、不安なんだろう。いつでも何かにおびえてる。

この間も誰《だれ》かに「あなたは、だんだん俗《ぞく》っぽくなってる」って言われた。そうかもしれない。確《たし》かに、俗《ぞく》になった。くだらなくなった。いけない、いけない。弱い、弱い。

「わっ」って大声を上げたくなった。だけど、そんなことでごまかそうとしても、ダメだ。もう、どうにでもなれ。わたしは、恋《こい》をしてるのかもしれない。草むらに、あおむけに寝転《ねころ》がった。

「おとうさん」と呼《よ》んでみる。

おとうさん、おとうさん。夕焼けが綺麗《きれい》です。そして、夕もやはピンク色。夕日がもやの中に溶《と》けて、にじんで、こんなにやわらかいピンクになるのでしょう。

そのピンクのもやが、ゆらゆら流れて、木立の間にもぐっていったり、道の上に漂《ただよ》ったり、草原をかすめたりしながら、わたしの身体を、ふんわりと包んでくれます。

髪《かみ》の毛の一本一本まで照らす、ピンクの淡《あわ》い光は、わたしをやわらかく撫《な》でてくれます。

それよりも、この空は美しい。この空に、わたしは生まれてはじめて、頭を下げたいです。わたしはいま、神様を信じます。

この空の色は、なんという色？　バラ？　火事？　天使の翼《つばさ》？　大伽藍《だいがらん》？　いや、そんなんじゃない。もっと、もっと神々《こうごう》しい――。

みんなを愛したいと、涙《なみだ》が出そうなくらい思いました。じっと空を見ていると、だんだん空が変わってゆくのです。だんだん、青味がかってくるのです。

ただため息ばかりで、裸《はだか》になってしまいたくなりました。

それから、今ほど木の葉や草が、透明《とうめい》に、美しく見えたことがありません。そっと草にさわってみました。

美しく生きたいと思います。

家に帰ると、お客さんが来ていた。おかあさんも、いる。にぎやかな笑い声。おかあさんは、わたしと二人きりのときは、顔がどんなに笑っていても、声を立てない。けれども、お客さんと話しているときは、顔はちっとも笑ってないのに、笑い声はすさまじい。

あいさつして、すぐ裏《うら》に行って、井戸端《いどばた》で手を洗《あら》って、靴下脱《くつしたぬ》いで、足を洗《あら》っていたら、魚屋さんが来て、「お待ちどおさま、まいどあり！」って、大きな魚を一匹《ぴき》、井戸端《いどばた》へ置いていった。

なんていうか、魚のこと、わからないけど、ウロコが細かいから、北の海から来た感じがする。魚を大皿に移《うつ》して、また手を洗《あら》っていたら、北海道の夏のにおいがした。

おととしの夏休みに、北海道のおねえさん家《ち》へ遊びに行ったときのことを、思い出す。苫小牧《とまこまい》のおねえさんの家は、海岸に近いせいか、いつも魚くさかった。おねえさんが、あの広い、がらんとしたキッチンで、夕方ひとり、女性《じょせい》らしい白くて華奢《きゃしゃ》な手で、上手に魚をさばいていた様子も、はっきりと目に浮《う》かぶ。

わたしは、あのとき、たまらなく、おねえさんに思いを寄《よ》せていた。甘《あま》えたかったけど、もう年《とし》ちゃんも生まれていたから、おねえさんは、わたしのものではなかった。

おねえさんの細い肩《かた》に、抱《だ》きつくことができなくて、冷たい隙間風《すきまかぜ》が吹《ふ》いたみたいに、ものすごくさびしい気分で、じっと、あの、ほの暗いキッチンの隅《すみ》に立ったまま、気の遠くなるほど長いあいだ、おねえさんの優《やさ》しく動く、白い指先を見つめていたことも、思い出される。

過《す》ぎ去ったことは、みんな懐《なつ》かしい。肉親って、不思議。他人だったら、遠く離《はな》れたら、次第に色あせて、忘《わす》れていくものなのに、肉親は逆《ぎゃく》に、どんどん濃《こ》くなって、美しいところばかり、思い出すから。

井戸端《いどばた》のグミの実が、ほんのり赤く色づいてる。もう二週間もしたら、食べられるようになるかも。

去年は、面白かった。わたしがひとりでグミを食べていたら、ジャピイが黙《だま》って見ていたから、可哀《かわい》そうになって、ひとつあげた。そしたら、パクって食べちゃった。また二つやったら、それも食べた。

あまりにも面白くて、グミの木をゆすぶって、ポタポタ落としたら、ジャピイは夢中《むちゅう》になって食べた。

ばかな犬――。

犬は、グミなんか食べないでしょう？　普通《ふつう》。

わたしは背伸《せの》びして、グミを採《と》って食べる。ジャピイも下で食べてる。おかしかった。

そのことを思い出したら、懐《なつ》かしくなって「ジャピイ！」って呼《よ》んだ。ジャピイは、玄関《げんかん》のほうから、気取って、走ってきた。急に、ジャピイがたまらなく、愛《いと》おしくなって、シッポを強くつかむと、ジャピイはわたしの手を柔《やわ》らかく咬《か》んだ。涙《なみだ》が出そうな気持ちになって、頭をぶってやる。ジャピイは、平気で、井戸端《いどばた》の水を、音を立てて飲んだ。

部屋に入ると、ぽっと明かりが灯ってる。しんとしていた。おとうさんはいない。やっぱりおとうさんがいないと、家の中にぽっかり大きな穴《あな》が開いているようで、悲しくなる。

和服に着がえ、脱《ぬ》ぎたての下着のバラに、チュッて口づけして、鏡台に座《すわ》った。客間から、おかあさんたちの笑い声が、どっと聞こえて来て、なんだかムカついた。おかあさんは、わたしと二人っきりのときはいいけど、お客さんが来たときは、わたしから離《はな》れて、急によそよそしくなる。そんなとき、おとうさんが無性《むしょう》に恋《こい》しくなる。悲しい。

鏡を覗《のぞ》くと、わたしの顔が、えっ？　って思うほど、活き活きしている。顔は、他人なんだね。わたし自身の悲しさや苦しさ、そんなものとは全然無関係に、存在《そんざい》してる。

今日は、チークもつけてないのに、こんなに頬《ほお》がぱっと赤くて、それに、唇《くちびる》も赤く光ってて、かわいい。

メガネを外して、そっと笑ってみる。目がとってもいい。青く澄《す》んで見える。美しい夕空を、ずっと見つめてたから、こんなに綺麗《きれい》な目になったのかな。やったね！

ウキウキした気分でキッチンに行って、お米をといでるうちに、また悲しくなった。前に住んでた、小金井《こがねい》の家が懐《なつ》かしい。胸《むね》を焦《こ》がすほど、恋《こい》しい。

あの家には、おとうさんもいたし、おねえさんもいた。おかあさんだって、若《わか》かった。わたしが学校から帰ってくると、おかあさんとおねえさんが、リビングやキッチンで、楽しそうに話してた。

おやつをもらって、二人にべったり甘《あま》えたり、おねえさんに、ケンカをふっかけたり。しかられて、表へ飛び出して、自転車を遠くまで漕《こ》いで、だけど、夕方には帰って、楽しくみんなで晩《ばん》ごはん、食べて――。ホント、楽しかった。

自分を見つめ直したり、変にぎくしゃくすることもなく、ただ甘《あま》えていればよかった。なんという、大きな特権《とっけん》！　心配もなく、さみしさもなく、苦しみもなかった。

おとうさんは、立派《りっぱ》ないいおとうさんだった。おねえさんは優《やさ》しくて、わたしはいつも甘《あま》えてた。

だけど、大きくなるにつれて、わたし自身がいやらしく変わって、特権《とっけん》はいつの間にか、消滅《しょうめつ》してしまった。ああ、醜《みにく》い。

ちっとも人に甘《あま》えることができなくなって、考えこんでばかりいて、苦しいことばかり多くなった。

おねえさんは、お嫁《よめ》にいってしまったし、おとうさんは、もういない。おかあさんとわたしの、二人だけになってしまった。おかあさんも、さびしいんだろう。こ

の間もおかあさんは、

「もうこれから先は、生きる楽しみがないわ。あなたを見ても、わたしは、本当は、あまり楽しくないの。ゴメンね。幸せも、おとうさんがいなければ、来ないほうがいい」

とか言ってた。

蚊《か》が出てくると、ふとおとうさんを思い出し、編《あ》み物をほどくと、おとうさんを思い出し、爪《つめ》を切るときも、おとうさんを思い出し、お茶がおいしいときも、おとうさんを思い出すんだって。

わたしが、どんなにおかあさんをいたわって、話し相手になってあげても、やっぱりおとうさんとは違《ちが》う。夫婦愛《ふうふあい》ってものは、この世で一ばん強いもので、肉親の愛よりも尊《とうと》いんだろうね。

生意気なこと考えたから、頬《ほお》がほてってきて、濡《ぬ》れた手で髪《かみ》をかきあげた。しゅつしゅってお米をとぎながら、おかあさんが、かわいくて、けなげで、かわいそうになってきて、大事にしようと、心から思った。

こんな、ウェーブかけた髪《かみ》なんか、さっさと解《と》きほぐして、もっと長く伸《の》ばそう。おかあさんは、前からわたしの髪《かみ》が短いのを嫌《きら》ってたから、うんと伸《の》ばして、きちんと結って見せたら、よろこぶだろう。だけど、そんなことまでして、おかあさんをいたわるのも、どうなのかな？　ちょっと、イヤらしくない？

考えてみれば、近ごろのわたしのイライラは、かなりおかあさんと関係がある。おかあさんの気持ちに、ピッタリ寄《よ》り添《そ》った、いい子でありたいと思うけど、かといって、変にごきげん取るのも、イヤ。

わたしがだまっていても、おかあさんが、わたしの気持ちを理解《りかい》して、安心してくれているような関係が、一ばんいい。

わたしは、わがままだけど、世間から笑われるようなことはしないし、つらくても、さみしくても、肝心《かんじん》なところはしっかり守って、おかあさんと、この家をずっとずっと愛してる。だからおかあさんも、わたしを信じて、ボケ～ッとのん気にしてれば、それでいい。

わたしは、立派《りっぱ》にやりとげる！　身を粉《こ》にして、がんばる！

それが今のわたしにとっても、大きなよろこびなんだし、生きる道だと思ってるのに、おかあさんたら、ちっともわたしを信用しないで、まだまだ子どもあつかいする。わたしが、子どもっぽいことやると、すごくうれしそう。

この間も、わたしがウクレレを持ち出して、テキトーに弾《はじ》いて、はしゃいでみせたら、おかあさん、

「雨だれの音が聞こえるね。雨が降《ふ》ってきたのかな」

とか、うれしそうに言うんだよ。

わたしが本気で、ウクレレなんかに熱中してると、思ってるのかな？　悲しくなったよ。おかあさん、わたしはもう、大人だよ。世の中のこと、なんでも知ってるよ。だから安心して、わたしになんでも相談して。

お金のことなんかも、全部わたしに打ちあけてくれたら、わたしは決して新しい

靴《くつ》なんか、ねだらないよ。しっかりした、つつましい子になるから。本当だよ。

それなのに――ああ、それなのに～♪

って歌があったのを思い出して、ふき出した。

気がつくと、わたしはお釜《かま》に両手をつっこんだまま、バカみたいに、あれこれ考えていた。

いけない、いけない。

お客さんが来てるんだから、早く晩《ばん》ご飯、作らなくちゃ。さっきの、巨大魚《きょだいぎょ》はどうするんだろう。とにかく、三枚《まい》におろして、お味噌《みそ》につけておこう。そうやって食べると、きっとおいしい。

料理は、すべて勘《かん》。きゅうりが残ってるから、三杯酢《さんばいず》。それから、わたし自慢《じまん》の卵焼《たまごや》き。それから、もう一品――。

あっ、そうだ！　ロココ料理にしよう！

これは、わたしが考案したもの。お皿ひとつひとつに、ハムや卵《たまご》や、パセリやキャベツ、ほうれん草など、キッチンに残ってるもの全部、色とりどりに美しく盛《も》り付けして、手際《てぎわ》よく出す。手間はかからず、経済的《けいざいてき》だし、ちっともおいしくないけど、でも、食卓《しょくたく》はずいぶんにぎやかになって、なんだか贅沢《ぜいたく》してるような気分になる。

卵《たまご》のかげにパセリの青草、その横にハムの赤いサンゴ礁《しょう》。黄色いキャベツは、牡《ぼ》丹《たん》の花びらか、鳥の羽根のようにお皿に敷《し》かれて、つやつや緑のほうれん草は、牧場か湖のよう。

こんなお皿が何枚《まい》も、食卓《しょくたく》に並《なら》べられると、お客さんは、ルイ王朝を思い出すだろう。って、そんなことないと思うけど、どうせわたしは、おいしい料理なんか作れないんだから、せめて、ていさいだけでも整えて、ごまかす。

料理は、見かけが第一！

ロココ料理には、絵心が必要。色の配合に、人一倍敏感《びんかん》でなけりゃ、失敗する。せめて、わたしレベルのデリカシーを、持ってほしい。

ロココって言葉を、この間辞書で調べたら、「華麗《かれい》のみで、内容空疎《ないようくうそ》の装飾《そうしょく》様式」だって。笑っちゃったよ。でも、正解《せいかい》だよね。だって、美しさに内容《ないよう》なんて、ないもの。純粋《じゅんすい》な美しさは、いつも無意味で、無道徳。だからわたし、ロココが好きなの。

いつもそうだけど、料理であれこれ味見していくうちに、なんだかすごく鬱《うつ》になる。死にそうに疲《つか》れる。

あらゆる努力の、飽和状態《ほうわじょうたい》。もう、もう、どうでもよくなってくる。しまいには、やけくそになって、味も盛《も》り付けも、超《ちょう》テキトーになって、仏頂面《ぶっちょうづら》で、お客さんに料理を差し出す。

今日のお客さんは、ちょっとしんどい。大森の今井田さん夫妻《ふさい》に、今年七つになる息子の良夫くん。

今井田さんは、もう四十近いのに色白で、不気味。なんで敷島《しきしま》（かつて日本で製《せい》造《ぞう》・販売《はんばい》されていた紙巻《かみま》きたばこの銘柄《めいがら》）なんか吸《す》うんだろう。両切りのタバコじゃないと、なんだか不潔《ふけつ》に感じる。タバコは両切りが一ばん！　敷島《しきしま》なんか吸《す》ってると、人格《じんかく》を疑《うたが》われるよ。

いちいち天井を向いて、煙《けむり》を吐《は》いて、「はあ、はあ、なるほど」なんて言ってる。今は、夜学の先生をしてるんだって。

奥《おく》さんは、小さくて、おどおどして、そして下品。つまらないことでも、顔を畳《たたみ》にくっつけるようにして、身体をくねらせながら、バカ笑いする。おかしいことなんて、なんにもないのに。こうして笑い転げるのが、なにか上品であることみたいに、勘違《かんちが》いしてる。

こんな階級の人たちが、一ばん醜《みにく》い。汚《けが》らわしい。プチ・ブルっていうの？　それとも小役人？　良夫くんも、変に大人ぶって、素直《すなお》な元気なところがまったくない。

そう思いながらも、そんな気持ちは、微塵《みじん》も出さず、お辞儀《じぎ》したり、笑ったり、話したり、良夫くんをいい子いい子してあげたり――。大嘘《おおうそ》つきで皆《みな》をだましてるんだから、今井田夫妻《ふさい》なんかより、わたしのほうがよっぽど醜《みにく》いのかもしれない。

みなさん、わたしのロココ料理を食べて、わたしの腕前《うでまえ》をほめてくれて、どうしたらいいかわからなくなって、腹立《はらだ》たしいやら、泣きたいやら、複雑《ふくざつ》な気持ちになった。

それでも、無理やりうれしそうな顔して、一緒《いっしょ》に食べたんだけど、今井田さんの奥《おく》さんの、しつこい、何もわかってないお世辞には、さすがにムカついて、よし、もう嘘《うそ》はつかない！　って決心して、

「こんな料理、ちっともおいしくないです。残りものを適当《てきとう》に盛《も》っただけです」

ありのままの事実を言ったんだけど、今井田さん夫妻《ふさい》は、「適当《てきとう》でこれなら、才《さい》能《のう》ありますね」なんて、笑いだす。

頭にきて、箸《はし》と茶碗《ちゃわん》を投げつけて、大声で泣いたろうか！　って思ったよ。

ぐっとこらえて、愛想笑いしてたら、おかあさんまでが、「この子も、だんだん役に立つようになりまして」だって。

おかあさん、わたしの悲しい気持ち、ちゃんとわかってるはずなのに、今井田さんに気をつかって、こんなくだらないこと言いながら、ほほほって笑う。おかあさん、そんなことまでして、今井田さんなんかのご機嫌《きげん》とること、ないじゃん。

お客さんと一緒《いっしょ》にいるときのおかあさんは、いつものおかあさんじゃない。ただの弱い女にしか、見えない。

おとうさんが、いなくなったからって、これほど卑屈《ひくつ》になれる？　情《なさ》けなくて、何も言えなくなっちゃったよ。

帰ってください！　わたしのおとうさんは、立派《りっぱ》だった。優《やさ》しくて、人格者《じんかくしゃ》だった。おとうさんがいないからって、そんなにわたしたちを、ばかにするんだったら、今すぐ帰ってください！

よっぽど今井田に、こんな感じで言ってやろうと思った。それでも、やっぱりわたしも弱くて、良夫くんにハムを切ってあげたり、奥《おく》さんにお漬物《つけもの》を取ってあげたりしている。

ご飯がすむと、わたしはすぐ奥《おく》に引っ込《こ》んで、後片付《あとかたづ》けをはじめた。早くひとりになりたかった。

あんな人たちと、これ以上無理に話を合わせたり、一緒《いっしょ》に笑ってやる必要なんてない。礼儀《れいぎ》、というより、へつらいなんて絶対《ぜったい》に必要ない。

いやだ。もうこれ以上、耐《た》えられない。

わたしは、やるだけやったんだ。おかあさんだって、わたしが我慢《がまん》してるのを、うれしそうに見ていたじゃない。あれだけでも、よかったような気がする。

つきあいはつきあい、自分は自分って、はっきり区別して、物事に対処《たいしょ》したほうがいいのか、それとも自分を見失わず、我《が》を通すほうがいいのか、わからない。

一生、自分と同じくらい弱くて、やさしく、温かい人たちに囲《かこ》まれて、生活してゆく環境《かんきょう》にいる人が、うらやましい。苦労なんて、わざわざ求めて、するもんじゃないもの。

自分の気持ちを殺《ころ》して、人に接《せっ》することは、いいことかもしれないけど、これから先、毎日、今井田夫妻《ふさい》みたいな人たちに、無理に笑いかけたり、相づちを打たなければいけないんだったら、頭がおかしくなってしまうかもしれない。

自分なんて、とても刑務所《けいむしょ》なんかに入れないな、ってふと、思った。刑務所《けいむしょ》どころか、メイドにもなれない。奥《おく》さんにも。

あっ、奥《おく》さんの場合は違《ちが》う。

この人のために、一生つくす！　って覚悟《かくご》が決まってるんだから、どんなに苦しくても、平気。充分《じゅうぶん》に生きがいがあるんだから、希望があるんだから、必死になれる。立派《りっぱ》にやれる。当たり前じゃない。朝から晩《ばん》まで、回し車をクルクル蹴《け》り続けるハムスターみたいに、働いてあげる。

じゃんじゃん洗濯《せんたく》もする。たくさんたまった汚《よご》れものなんて、耐《た》えられない。イライラして落ち着かない。死んでも死にきれない！　汚《よご》れものを、全部、一つのこらず洗《あら》ってしまって、物干《ものほ》し竿《ざお》にかけたとき、わたしはもうこれで、いつ死んでもいいって思う。

今井田さんが、帰る。

何やら用事があるとかで、おかあさんを連れて、出かけてしまう。はいはいって、ついていく、おかあさんも、おかあさんだよ。今井田が、なにかとおかあさんを利用するのは、今回がはじめてじゃない。そのあつかましさに、怒《いか》り爆発《ばくはつ》して、顔面をぶんなぐってやりたくなった！

門のところまで、全員をお見送りして、ひとりぼんやり、夕暮《ゆうぐ》れの道をながめていたら、目頭が熱くなった。

郵便《ゆうびん》受けには、夕刊《ゆうかん》と、手紙が二通。一通は、おかあさん宛《あて》に、松坂屋から夏物セールの案内。残り一通はわたし宛《あて》。いとこの順二くんから、「こんど、前橋の連隊へ転任《てんにん》することになりました。おかあさんによろしく」って、簡単《かんたん》な通知。

将校《しょうこう》だって、そんなに素晴《すば》らしく暮《く》らせないだろうけど、でも、毎日毎日、規則《きそく》正しい生活は送れるでしょう。その規律《きりつ》がうらやましい。すべてがちゃんと決まってるから、気持ちの上で楽なんだろうと思う。

わたしは、何もしたくなければ何もしなくてすむし、どんな悪さもできる環境《かんきょう》に置かれてる。勉強しようと思ったら、無限《むげん》の時間があるわけだし、欲《よく》をいえば、どんな望みでもかなえてもらえるような気がする。ここからここまで、っていう境界《きょうかい》線《せん》を引いてもらえたら、どんなに気持ち的に楽か、わからない。

うんと厳《きび》しくしばってくれると、かえってありがたい。

戦地で働いてる兵隊さんたちの望みは、たったひとつ、ぐっすり眠《ねむ》りたいだけって、何かの本に書いてあった。兵隊さんは大変だろうけど、わたしはうらやましくもあった。わずらわしい、堂々巡《どうどうめぐ》りの考えの洪水《こうずい》から抜《ぬ》け出して、ただ眠《ねむ》りたいって渇望《かつぼう》してる状態《じょうたい》は、清潔《せいけつ》でいさぎよく、あこがれる。

わたしなんかは、一度、軍隊生活をして、さんざん鍛《きた》えられれば、少しはマシな子になるかもしれない。

軍隊生活なんかしなくても、新ちゃんみたいに、素直《すなお》な人だっているのに、わたしは、よくよく、いけない子どもだ。新ちゃんは、順二くんの弟で、わたしと同い年なんだけど、どうしてあんなにいい子なんだろう。

わたしは、親戚《しんせき》中で、いや、世界中で、一ばん新ちゃんが好きだ。新ちゃん、目が見えないんだよ。若《わか》いのに、失明するなんて、つらすぎる。

こんな静かな晩《ばん》は、部屋に一人でいて、どんな気持ちなんだろう。わたしたちなら、さびしくても、本を読んだり、景色をながめたりして、気を紛《まぎ》らわすのに、新ちゃんにはそれができない。ただ、黙《だま》ってるだけなんだ。

これまで、人一倍がんばって勉強して、それからテニスも水泳も得意《とくい》だったのに、今の苦しさ、さびしさは、どれほどのものなんだろう。

ゆうべも、新ちゃんのことを思って、布団《ふとん》に入ってから五分間、目をつむってみた。五分間でも、胸《むね》が苦しくなるのに、新ちゃんは、朝も昼も夜も、何日も何ヶ月も、何も見ていないんだ。

ブチギレて、文句《もんく》やわがままを言ってくれれば、うれしいんだけど、新ちゃんは何も言わない。新ちゃんが、文句《もんく》や、悪口を言ってるのを、聞いたことがない。その上、いつも明るくて、言葉遣《ことばづか》いも丁寧《ていねい》で、無心の笑顔を見せる。それがなおさら、わたしの心をわささわさせる。

あれこれ考えながら、掃除《そうじ》をして、お風呂《ふろ》を焚《た》いた。お風呂番《ふろばん》をしながら、ミカン箱に腰《こし》かけて、ちろちろ燃《も》える石炭の灯をたよりに、宿題を全部すませた。

それでもまだ、お風呂《ふろ》がわかないので、「濹東綺譚《ぼくとうきだん》（永井荷風《ながいかふう》の代表作）」を読み返す。書かれてることは、決してイヤな、汚《きたな》いものじゃない。でも、ところどころ、作者が気取ってるのが、ちょっと鼻につく。古い小説だからかな。それとも作者が、おじいちゃんだから？

だけど、外国の作家は、いくら年をとってても、もっと大胆《だいたん》にデレデレになって愛を語ってるよ。こっちのほうが、嫌味《いやみ》がない。

とはいえ、濹東綺譚《ぼくとうきだん》は、日本では結構評価《けっこうひょうか》されてる。嘘《うそ》がない、静かなあきらめみたいなものが、作品の根底に流れていて、ある意味、すがすがしい。この作者の作品の中で、これが一ばん枯《か》れてて、わたしは好きだ。

この人は、とっても責任感《せきにんかん》が強いんじゃないかな。日本の道徳に、すっごくこだわってるんで、逆《ぎゃく》に、へんにどぎつくなってる作品が、多いような気がする。愛情《あいじょう》が深すぎる人にありがちな、ワルぶってる態度《たいど》。わざと悪人面してるから、それで、かえって作品を弱くしてる。

でも、この濹東綺譚《ぼくとうきだん》には、さびしさと、動かない強さがある。わたしは、好き。

お風呂《ふろ》がわいた。電気をつけて、服を脱《ぬ》ぎ、窓《まど》をいっぱいに開け放してから、ひっそりとお湯につかる。

珊瑚樹《さんごじゅ》の青い葉っぱが、窓《まど》からのぞいている。一枚《まい》一枚《まい》の葉が、電灯の光を受けて、強く輝《かがや》いてる。

空には星がキラキラ。何度見直しても、キラキラキラキラ。

空を見あげながら、うっとりしてると、わざと見ないんだけど、自分のほの白さが、ぼんやりと感じられ、ちゃんと風景の一部になっている。

でも、小さい頃《ころ》の白さとは、違《ちが》うような気がして、なんだか悲しい。肉体が、自分の気持ちとは関係なく、勝手に成長していくのが、たまらなく恥《は》ずかしい。めきめきと、大人になってしまう自分を、どうすることもできなくて、いやだ。あきらめて、成り行きにまかせて、大人になっていくのを、だらだら見てるしか、ないんだろうか。

いつまでも、お人形みたいな身体でいたい。

子どものふりして、お湯をじゃぶじゃぶかき回してみたけど、切ない。これから先、生きていく理由がないような気がして、苦しい。

庭の向こうの空き地で、おねえちゃん！　って泣きながら呼《よ》ぶ、どこかの子どもの声に、はっと胸《むね》を突《つ》かれた。わたしが、呼《よ》ばれているわけではないけど、今、あの子に泣きながら慕《した》われてる「おねえちゃん」を、うらやましく思ったから。

わたしにだって、あんなに慕《した》って、甘《あま》えてくれる弟がいたら、こんなに毎日、みっともなく、まごついて生きてないよ。生きることに、ずいぶん張《は》り合いが出てくるだろうし、一生弟につくそうって覚悟《かくご》だって、できる。ホントに、どんなにつらいことでも、耐《た》えてみせる！

こんな感じで、ひとり力んで、それから、つくづく自分がかわいそうになった……。

お風呂《ふろ》からあがって、なんだか今夜は、星が気になって、庭に出てみる。

星が降《ふ》ってるみたい！　ああ、もう夏が近い。カエルがあちこちで、鳴いてる。麦が、ざわざわ音を立ててる。何回、振《ふ》り仰《あお》いでみても、星がたくさん光ってる。

去年――じゃなくて、もう一昨年のことになってしまったけど、わたしが散歩に行きたいって、ダダをこねてると、おとうさん、病気だったのに、一緒《いっしょ》に来てくれた。

いつも若々《わかわか》しかった、おとうさん。ドイツ語の「おまえ百まで、わしゃ九十九まで」とかいう小唄《こうた》を教えてくれたり、星の話をしたり、即興《そっきょう》の詩を披露《ひろう》したりしながら、ステッキを回して、一緒《いっしょ》に歩いてくれた。大すきだった、おとうさん……。

だまって星を見つめてると、おとうさんのこと、はっきりと思い出す。あれから、一年、二年経《た》って、わたしはだんだん、いけない子になりました。ひとりきりの秘密《ひみつ》を、たくさん持つようになりました。

部屋にもどって、椅子《いす》に座《すわ》って、頬杖《ほおづえ》つきながら、机《つくえ》の上のゆりの花をながめる。いい匂《にお》い。ゆりの匂《にお》いをかいでると、こうしてひとりで退屈《たいくつ》してても、決してきたない気持ちが起きない。

このゆりは、きのうの夕方、駅の近くまで散歩した帰りに、花屋さんで買ってきた。それからというもの、わたしの部屋は、まるで違《ちが》った部屋みたいに、すがすがしくなった。襖《ふすま》を開けると、もうそれだけで、ゆりの匂《にお》いが、ただよってくる。こうして、じっと見つめてると、もう、本当に、ソロモン王の栄華《えいが》以上だって、うなずきたくなる。

ふと、去年の夏、山形に行ったときのことを、思い出した。山を歩いてると、崖《がけ》の中腹《ちゅうふく》に、たくさんのゆりが咲《さ》き乱《みだ》れていたのに驚《おどろ》いて、夢中《むちゅう》になった。でも、その崖《がけ》は険《けわ》しくて、とてもよじ登ることなんて、できそうになかったから、どんなに魅《ひ》かれても、ただ、見ているよりなかった。

そのとき、ちょうど近くに居合《いあ》わせた、知らないおにいさんが、黙《だま》ってどんどん崖《がけ》を登っていって、てきぱきと、両手で抱《かか》えきれないほどのゆりの花を摘《つ》んで、降《お》りてきた。そして、ムスッとした顔で、それをわたしに手渡《てわた》した。ホント、いっぱい、いっぱいだった。どんなに豪華《ごうか》なステージでも、結婚《けっこん》式場でも、こんなにたくさんの花をもらった人は、いないんじゃない？　って思えるくらいに。

花でめまいがするって、そのときはじめて味わった。真っ白い大きな花束を、両《りょう》腕《うで》を目いっぱい広げて抱《かか》えると、前が全然見えなかった。

あのステキなおにいさんは、今ごろどうしているんだろう。危《あぶ》ないところまで行って、花を摘《つ》んでくれた、ただ、それだけなんだけど、ゆりを見ると、あのおにいさんのことを思い出す。

机《つくえ》の引き出しを開けて、中をかきまわしていたら、去年の夏にもらった扇子《せんす》が出てきた。元禄時代《げんろくじだい》かなんかの女の人が、だらしなく座《すわ》りくずれてて、そのかたわらに、青いほおずきが二つ描《えが》かれている、イラスト。

この扇子《せんす》から、去年の夏が、ふうって、煙《けむり》みたいに立ち上った。山形の生活、汽車の中、浴衣《ゆかた》、スイカ、川、セミ、風鈴《ふうりん》……。急に、この扇子《せんす》を持って、汽車に乗りたくなった。

扇子《せんす》を開く感じって、好き。ばらばらと骨《ほね》がほどけていって、急にふわっと軽くなる。

くるくるもてあそんでいたら、おかあさんが帰ってきた。機嫌《きげん》よさそう。「ああ、疲《つか》れた、疲《つか》れた」って言うけど、あんまり疲《つか》れた顔、してない。他人《ひと》の世話を焼くのが好きだから、しかたない。

「なにしろ、話がややこしくて」なんて言いながら、服を脱《ぬ》いで、お風呂《ふろ》に入る。

お風呂《ふろ》から上がると、わたしと二人でお茶を飲んだ。

へんにニコニコしてるから、何を言いだすのかと思ったら、

「この間から『裸足《はだし》の少女』を、見たい見たいって言ってたでしょう？　見にいっていいわよ。その代わり、おかあさんの肩《かた》をもんで。親孝行《おやこうこう》してから行けば、なおさら楽しいんじゃない？」

うれしくて、悲鳴を上げそうになった。裸足《はだし》の少女という映画《えいが》を見たいと思ってたけど、このごろわたしは、遊んでばかりいたから、言いだすの、遠慮《えんりょ》してた。

それをおかあさん、ちゃんと知ってたから、わたしに用事を言いつけて、わたしが堂々《どうどう》と映画《えいが》に行けるよう、しむけてくれた。おかあさん、大好き！　わたしは自然に笑顔になった。

おかあさんと夜、こうして二人きりで過《す》ごすのも、久《ひさ》しぶりだ。おかあさん、付き合いが多いから。世間から馬鹿にされないよう、がんばってるんだろう。

こうして肩《かた》をもんでると、おかあさんの疲労《ひろう》が、伝わってくる。おかあさんを、大事にしようと思う。

さっき今井田が来ていたときに、おかあさんを、こっそりうらんだことが、恥《は》ずかしかった。ごめんなさいって、つぶやいた。

わたしはエゴイストで、おかあさんに甘《あま》えまくって、時として、粗暴《そぼう》な態度《たいど》をとっている。その都度、おかあさんが、どれだけ苦い思いをするのか、まったく考えてなかった。

おとうさんがいなくなってから、おかあさんは、本当に弱くなってる。わたし自身、さみしい、やりきれないって、おかあさんにすがってるのに、おかあさんが、少しでもわたしに寄《よ》りかかると、イヤ〜な気分になるのは、やっぱ、わがまま過《す》ぎ。

おかあさんもわたしも、同じか弱い女。これからは、おかあさんと二人だけの生活を楽しんで、おかあさんの気持ちになってあげて、昔の話をしたり、おとうさんの話をしたりして、一日でもいいから、おかあさん中心の日を送れるようにしたい。それが生きがい。

おかあさんのこと、心の底では、心配したり、よい子になろうと思うんだけど、行動や言葉でのわたしは、まったく、わがままな子ども。おまけに、このごろのわたしは、子どもの、清らかなところさえない。恥《は》ずかしい。汚《よご》れてる。

苦しいだの、悩《なや》んでるだの、さびしいだの、悲しいだのって、具体的に何が？

はっきり言えば、死ねるよ。本当は知っていながら、言いだす勇気がないんだ。

どぎまぎして、かっとなって、どうしようもない。

昔の女性《じょせい》は、奴隷《どれい》とか、虫けらとか、人形とかって、さんざんに言われてるけど、今のわたしなんかより、よっぽど、いい意味の女らしさがあったと思う。心の余裕《よゆう》もあったし、しなやかに従《したが》う英知もあったし、純粋《じゅんすい》な自己犠牲《じこぎせい》の美しさも、無報酬《ほうしゅう》の奉仕《ほうし》のよろこびも知っていた。

「ああ気持ちいい。すっごく上手ね」

おかあさんが目を細める。

「心がこもってるからね。でも、あたしの取りえは、これだけじゃないよ。もっと他に、いいところもあるんだよ」

素直《すなお》に思ってることを、そのまま言ってみた。わたしの耳に、とってもあざやかに響《ひび》いて、この二、三年、こんなに無邪気《むじゃき》に、ものを言ったことがないことに、気がついた。

自分の器を理解《りかい》して、あきらめたときに、はじめて、平静な新しい自分に、生まれ変われるのかもしれない。

今夜は、おかあさんに、いろいろな意味でのお礼もあって、肩《かた》たたきがすんでから、「クオレ」を少し読んであげた。

こういう本を読んでると、おかあさんは、安心するみたい。だって、この間わたしが、ケッセルの「昼顔」を読んでたら、おかあさん、そっと本を取り上げて、表紙をチラ見して、とっても暗い顔になって、でも、何も言わずに、そのまま本を返してくれた。

わたしもなんだか、いやな気分になって、読む気が失せた。おかあさん、昼顔を読んだことがないはずなのに、それでも勘《かん》でわかるらしい。

夜、静寂《せいじゃく》の中で、ひとりで声を出して、クオレを読んでると、声が間延《まの》びして響《ひび》いて、なんだか自分がマヌケになったような気がして、恥《は》ずかしい。辺りが、静かすぎるんで、マヌケさに拍車《はくしゃ》がかかる。

クオレは、いつ読んでも、小さいころにはじめて読んで、受けた感激《かんげき》と、ちっとも変わらない感激《かんげき》が、押《お》しよせてくる。自分の心も、素直《すなお》に、きれいになるような気がして、いいな、って思うけど、声を出して読むのと、黙読《もくどく》するのでは、やっぱ、全然違《ちが》う。

でもおかあさんは、エンリコのところや、ガオロンのところでは、うつむいて、泣いてた。うちのおかあさんも、エンリコのおかあさんみたいに、立派《りっぱ》で美しいおかあさんだ。

おかあさん、もう寝《ね》たほうがいいよ。

今朝早くから出かけていたから、ずいぶん疲《つか》れてると思う。おかあさんのために、布団《ふとん》を直してあげて、裾《すそ》のところをパタパタはたいた。おかあさんは、いつでもすぐ、眠《ねむ》りに落ちる。

お風呂場《ふろば》で、洗濯《せんたく》をした。このごろのヘンなくせで、十二時近くなって、洗濯《せんたく》をはじめる。昼間じゃぶじゃぶやって、時間をつぶすの、もったいないような気がするけど、もったいなくないのかもしれない。

窓《まど》から月が見える。しゃがみこんで、しゃっ、しゃって洗《あら》いながら、月にそっと笑いかけてみる。月は、知らん顔してた。

ふと、この同じ瞬間《しゅんかん》、どこかの可哀《かわい》そうな娘《むすめ》が、同じように洗濯《せんたく》しながら、月にそっと笑いかけたんじゃないかと思った。っていうか、確《たし》かに笑いかけたんだよ。遠い田舎《いなか》の山のてっぺんにある、一軒家《いっけんや》。深夜だまって、裏口《うらぐち》で洗濯《せんたく》してる、可哀《かわい》そうな女の子が。

それからパリの汚《きたな》いアパートの廊下《ろうか》で、わたしと同い年の女の子が、ひとりでこっそり洗濯《せんたく》しながら、月に笑いかけてる――って、望遠鏡で見たように、色彩《しきさい》も鮮《せん》明《めい》に思い浮《う》かんだ。

わたしたちみんなの苦しみを、誰《だれ》も知らない。大人になってしまえば、わたししたちの苦しさや悲しさなんて、たいしたことなかったって、笑い飛ばせるのかもしれないけど、その大人になりきるまでの、この長いイヤ〜な期間を、どうやって暮《く》らしていったらいいの？　誰《だれ》も教えてくれない。

放っておくよりしかたない、はしかみたいな病気のようなもの？　でも、はしかで死ぬ人もいるし、目が見えなくなる人だっているよ。放っておくの、いけなくない？

わたしたち、こんなに毎日、うつになったり、かっとなったり——。中には、踏《ふ》みはずして、うんと堕落《だらく》して、とりかえしのつかない身体になってしまって、人生がめちゃくちゃになっちゃった子もいる。自殺《じさつ》しちゃう子も。

そうなってしまってから、世の中のひとたちが、「ああ、もう少し生きていれば、もう少し大人になったら、自然とわかることなのに……」って悔《く》やむんだけど、ナンなのそれ！　当人にしてみれば、苦しくて苦しくて、でもがんばって耐《た》えて、何かを世の中から聞こうって、懸命《けんめい》に耳をすましても、聞こえてくるのは、あたりさわりのない、教訓みたいなものばかり。まああって、なだめるばかりの、すっぽかしをくらってる。

わたしたちは、決して刹那主義《せつなしゅぎ》ではないけど、遠くの山を指して、あそこまで行けば、見晴らしがいいって、それはそうかもしれないけど、嘘《うそ》じゃないことはわかってるけど、今、こんなにお腹《なか》が痛《いた》いのに、その腹痛《はらいた》は無視《むし》して、さあ、もう少しのがまんだよ、あの山のてっぺんまで登れば、すべて解決《かいけつ》！　みたいなことばかり教わる。

きっと、誰《だれ》かが間違《まちが》ってる。

そう。悪いのは、あなただ！

洗濯《せんたく》をすまして、お風呂《ふろ》のお掃除《そうじ》をして、こっそり部屋のふすまを開けると、ゆりの匂《にお》い。ほっとした。心の底まで透明《とうめい》になった気分。

しずかにパジャマに着がえてたら、すやすや眠《ねむ》ってるとばかり思ってたおかあさんが、目をつむったまま、

「夏の靴《くつ》がほしいって言ってたから、今日、渋谷《しぶや》に行ったついでに見てきたよ。靴《くつ》も高くなったね」

なんて突然《とつぜん》言いだすから、びくっとした。おかあさん、ときどきこんなことして、わたしを驚《おどろ》かす。

「いいの。そんなに欲《ほ》しくなくなった」

「でも、なければ、困《こま》るでしょう」

「うん」

明日もまた、同じ日がやって来るだろう。幸福は一生こない。それは、わかってる。けれども、きっと明日は来る、きっと来る、って信じて寝《ね》るしかない。

わざと、どさんって大きな音を立てて、布団《ふとん》にたおれる。ああ、いい気持ち。布《ふ》団《とん》が冷たいから、背中《せなか》がほどよくひんやりして、つい、うっとりしてしまう。

幸福は、一晩《ひとばん》おくれてやって来る。ぼんやり、そんな言葉を思い出す。

幸福を待って待って、とうとう堪《こら》えきれずに、家をとび出して、そのあくる日に、素晴《すば》らしい幸福が、捨《す》てた家に訪《おとず》れたけど、もうおそかった。幸福は、一晩《ひとばん》おくれてやって来る……。

庭を、カアが歩く足音がする。パタパタパタパタ……カアの足音には、特徴《とくちょう》がある。右の前足が少し短くて、それに前足はO型《がた》で、がに股《また》だから、足音にヘンなくせがある。

よく真夜中に、庭を歩き回ってるけど、いったい何してるんだろう。カアは、可《か》哀《わい》そう。今朝は意地悪しちゃったけど、明日は可愛《かわい》がってあげよう。

わたしは悲しいくせで、顔を両手でぴったりと覆《おお》ってないと、眠《ねむ》れない。顔を覆《おお》って、じっとする。

眠《ねむ》りに落ちるときの気持ちって、不思議。フナかウナギが、ぐいぐい釣《つ》り糸を引っぱるように、なんだか重い、鉛《なまり》みたいなものが、わたしの頭にからみついた糸をぐっと引いて、わたしがまどろみかけると、ちょっと、糸をゆるめるような……。するとわたしは、ハッと我《われ》に返る。で、またぐっと引かれる。まどろむ。また、ゆるむ……。

そんなことを、三、四度くりかえして、最後にぐうって大きく引かれて、朝まで爆睡《ばくすい》。

おやすみなさい。わたしは、王子さまのいない、シンデレラ。わたしが、東京のどこに住んでるか、知ってる？　もうお会いすることは、ないでしょう。

走れメロス

メロスは激怒《げきど》した。あの悪知恵《わるぢえ》の働く暴君《ぼうくん》を、失脚《しっきゃく》させねばならぬと、決意した。メロスには、政治《せいじ》がわからなかった。

メロスは、牧夫《ぼくふ》だ。笛を吹《ふ》き、羊と遊んで暮《く》らしてきた。とはいえ、悪行に対しては、人一倍敏感《びんかん》だった。

今日の未明に、メロスは村を発《た》った。野を超《こ》え山を越《こ》え、十里はなれた、ここシラクスの町にやって来た。

メロスに両親はいない。独身《どくしん》で、十六歳《さい》の内気な妹と、二人暮《ふたりぐ》らしだ。妹は、とある生真面目《きまじめ》な青年と、近々結婚《けっこん》する予定だった。

メロスは妹の花嫁衣装《はなよめいしょう》や、祝宴《しゅくえん》の出し物を買いに、はるばるシラクスまでやって来た。必要な品々を買い揃《そろ》えると、メロスは大通りをぶらぶらと歩いた。

メロスには幼馴染《おさななじみ》の親友がいた。セリヌンティウスである。彼《かれ》は今、ここシラクスで、石工《いしく》として働いていた。セリヌンティウスを、訪《たず》ねてみようと思った。久《ひさ》しく会わなかったので、再会《さいかい》が楽しみだった。

歩いているうちに、町の様子がおかしいことに気づいた。ひっそりし過《す》ぎている。もう陽が落ちて、辺りは暗かったが、暗さのせいばかりではなく、町全体がやけに寂《さび》しい。

のん気なメロスも、だんだん不安になってきた。近くを歩いていた若者《わかもの》をつかまえ、何があったのか質《ただ》した。二年前この町に来た時は、夜でも皆《みな》が歌をうたって、にぎやかな雰囲気《ふんいき》だった。

若者《わかもの》は、何も答えず、行ってしまった。しばらく歩くと、今度は老人をつかまえ、さきほどより強い口調で詰問《きつもん》した。老人は答えなかった。メロスは、両手で老人の身体をゆさぶり、さらに質《ただ》した。老人は、あたりをはばかりながら、小声で答えた。

「王様が、人を殺《ころ》すんだよ」

「なぜ殺《ころ》すんですか」

「悪人ばかりというが、みんな善人《ぜんにん》だ」

「たくさん殺《ころ》したんですか」

「はじめは、王の妹婿《いもうとむこ》を。そして、妹や妹の子どもも。王妃《おうひ》や世継《よつ》ぎまでも。側近のアキレスも……」

「王は、乱心《らんしん》されたのですか」

「乱心《らんしん》ではない。人を信じることができんのだよ。臣下も疑《うたが》っており、少し派手《はで》な暮《く》らしをしている者には、人質《ひとじち》をひとりずつ差し出すことを命じておる。命令にそむけば、磔《はりつけ》にされる。今日は六人、処刑《しょけい》された」

メロスは激怒《げきど》した。

「呆《あき》れた王ですね。王こそ処刑《しょけい》されるべきです」

メロスは単純《たんじゅん》な男だった。買い物を背負《せお》ったままの姿《すがた》で、のそのそ王城に入っていった。たちまちメロスは、取り押《お》さえられた。

メロスの懐《ふところ》から、短剣《たんけん》が出て来たので、大騒《おおさわ》ぎになった。メロスは、王の前に引っ立てられた。

「この短剣《たんけん》で何をするつもりであったのか。言え」

暴君《ぼうくん》ディオニスは静かに、とはいえ威厳《いげん》を持った口調で問い詰《つ》めた。王は蒼白《そうはく》で、眉間《みけん》のしわは、刻《きざ》まれたように深かった。

「民を暴君《ぼうくん》の手から救《すく》うためです」

メロスが悪びれず、答えた。

「おまえがか？」

王は、笑いだした。

「とんでもない大馬鹿者だな。おまえにわしの何がわかる？」

「わかるさ！」

メロスはいきり立って、反論《はんろん》した。

「人の心を疑《うたが》うのは、もっとも恥《は》ずべき悪徳です。王は民の忠誠《ちゅうせい》さえ、疑《うたが》っておられる」

「疑《うたが》うようにさせたのは、おまえたちだ。人の心はあてにならぬ。人間は、もともとエゴイストだ。信じるに値《あたい》せぬ」

ディオニスは、ひとつ息をついた。

「わしだって、平和を望んでいるのだよ」

「なんのための平和ですか。自分の地位を守るためですか？」

メロスが嘲笑《ちょうしょう》した。

「罪《つみ》のない人を殺《ころ》して、何が平和だ」

「黙《だま》れ！　下賤《げせん》の者」

王は、キッと顔を上げ、メロスをにらみつけた。

「口先では、どんなきれいごとも言えるわ。わしには、人の心の奥底《おくそこ》が透《す》けて見える。おまえだって、磔《はりつけ》になってから泣きわめいても、聞かぬぞ」

「なるほど。王は賢《かしこ》いですね。うぬぼれていればよい。わたしは、死ぬ覚悟《かくご》でここに来ています。命乞《いのちご》いなどしませんよ。ただ――」

と言いかけて、メロスは足元に視線《しせん》を落とした。ほんの一瞬《いっしゅん》ためらった後、

「わたしに情《なさ》けをかけるつもりなら、処刑《しょけい》まで三日間の猶予《ゆうよ》をください。たったひとりの妹が、結婚《けっこん》するのです。三日のうちに、わたしは故郷《こきょう》で式を挙げさせ、必ずここに戻《もど》ってきます」

「ばかな」

王は、しわがれた声で笑った。

「大嘘《おおうそ》つきめ。逃《に》がした小鳥が、戻《もど》ってくるというのか」

「戻《もど》ってきます」

メロスは王の目を見すえ、答えた。

「約束は守ります。わたしを三日間だけ解放《かいほう》してください。妹がわたしの帰りを待っているのです。わたしを信じられないのであれば――よろしい！ この町に、セリヌンティウスという石工《いしく》がいます。わたしの、無二の親友です。彼《かれ》を人質《ひとじち》に差し

出します。わたしが三日目の日暮《ひぐ》れまでに、ここに戻《もど》って来なかったら、セリヌンティウスを処刑《しょけい》してください」

王は、舌舐《したな》めずりをしながら、ほくそ笑んだ。

生意気なことを言いおる。どうせ、帰ってこないに決まっている。この嘘《うそ》つきに騙《だま》されたふりをして、解放《かいほう》してやるのも面白い。身代わりの男は、三日目に死ぬことになるだろう。人はこれだから信じられぬと、悲しい顔で、処刑《しょけい》してやるのだ。世の偽善者《ぎぜんしゃ》どもに、見せつけてやろう。

「わかった。身代わりの男を呼《よ》ぶがよい。三日目の日没《にちぼつ》までには戻《もど》ってこい。少しでも遅《おく》れたら、男を殺《ころ》すぞ。だから、少し遅《おく》れて来るがよい。おまえの罪《つみ》は、永遠《えいえん》に許《ゆる》してやろう」

「何てことを言うのだ」

「ははは。命が大事なら、遅《おく》れて来い。おまえの魂胆《こんたん》など、お見通しだ」

メロスは王を、にらみつけた。

幼馴染《おさななじみ》で親友のセリヌンティウスは、深夜、王城に召《め》された。暴君《ぼうくん》ディオニスの前で、二人は二年ぶりに再会《さいかい》した。

メロスはセリヌンティウスに、すべてを語った。友は無言でうなずき、メロスをひしと抱《だ》きしめた。親友同士《どうし》は、それだけで通じ合えた。

セリヌンティウスが、拘束《こうそく》された。メロスは満天の星空の下、出発した。

メロスは一睡《いっすい》もせず、十里の道をひたすら走った。村に到着《とうちゃく》したのは、あくる日の午前。陽はすでに高く昇《のぼ》り、村人たちは野に出て、仕事をはじめていた。メロスの十六になる妹も、今日は兄の代わりに羊の番をしていた。

妹は、よろめいて歩いてくる兄の、疲労困憊《ひろうこんぱい》した様子を見て、驚《おどろ》いた。

「どうしたの？」

「なんでもない」

メロスは無理に笑おうと努めた。

「シラクスに用事を残してきた。また戻《もど》らねばならぬ。明日、おまえの結婚式《けっこんしき》を挙げよう。早いほうがいい」

妹の頬《ほお》が赤く染《そ》まった。

「うれしいか。綺麗《きれい》な衣装《いしょう》も買ってきたぞ。さあ、村人たちに知らせておいで。結《けっ》婚式《こんしき》は明日だと」

メロスは家に入って、神々の祭壇《さいだん》を飾《かざ》り、祝宴《しゅくえん》の席を調《ととの》えた。すべての準備《じゅんび》が終わるや、メロスは床《とこ》に倒《たお》れ伏《ふ》し、呼吸《こきゅう》もしないくらいの深い眠《ねむ》りに落ちていった。

目が覚めたのは、夜だった。メロスは起きてすぐ、花婿《はなむこ》の家を訪《おとず》れた。そして、事情《じじょう》があるので、結婚式《けっこんしき》は明日にしてくれ、と頼《たの》んだ。花婿《はなむこ》は、それは無理だ、なにも用意ができていない、葡萄《ぶどう》の季節まで待ってくれ、と答えた。メロスは、待つことはできないんだ、どうか明日にしてくれ、とさらに懇願《こんがん》した。

花婿《はなむこ》も頑固《がんこ》だった。なかなか承諾《しょうだく》してくれない。夜明けまで議論《ぎろん》を続け、ようやく説き伏《ふ》せた。

結婚式《けっこんしき》は、真昼に行われた。新郎新婦《しんろうしんぷ》の、神々への宣誓《せんせい》が済《す》んだころ、ぽつりぽつりと雨が降《ふ》り始めた。雨はやがて、滝《たき》のような豪雨《ごうう》となった。祝宴《しゅくえん》に列席していた村人たちは、何か不吉《ふきつ》なものを感じたが、それでも気持ちを引きたて、陽気に歌をうたい、手拍子《てびょうし》を打った。

メロスも満面の笑みを浮《う》かべ、しばらくは、王との約束さえ忘《わす》れていた。祝宴《しゅくえん》は、夜に入ってさらに華《はな》やかになり、人々は外の豪雨《ごうう》などまったく気にしなくなった。

メロスは、一生このままここにいたい、と思った。この気持ちのよい隣人《りんじん》たちと一緒《いっしょ》に、生涯《しょうがい》ここで暮《く》らしていきたい……。

しかし今は、自分の身体であっても、自分のものではない。メロスは、わが身に鞭打《むちう》ち、出発の準備《じゅんび》を整えた。

とはいえ、明日の日没《にちぼつ》までには、まだ時間がある。ちょっとひと眠《ねむ》りしてから、出発するとしよう。その頃《ころ》には、雨も小降《こぶ》りになっているはずだ……。

メロスは、少しでも長く、この家に留《とど》まっていたかった。やはり未練はある。

歓喜《かんき》に酔《よ》っている花嫁《はなよめ》に近づき、

「おめでとう。わたしは疲《つか》れたから、眠《ねむ》るよ。目が覚めたら、またシラクスに行く。大切な用事があるんだ。わたしがいなくても、おまえにはもう優《やさ》しい夫がいるのだから、寂《さび》しくはないだろう。おまえの兄が、もっとも嫌《きら》うのは、人を疑《うたが》うことと、嘘《うそ》をつくことだ。知っているだろう。夫との間に、秘密《ひみつ》を作ってはだめだぞ。おまえに言いたいのは、それだけだ。おまえの兄は、誇《ほこ》り高き男と自負しているから、おまえもその誇《ほこ》りを持て」

花嫁《はなよめ》は、夢見心地《ゆめみ》でうなずいた。メロスは、今度は花婿《はなむこ》の肩《かた》をたたいて、

「わたしの家の宝《たから》といえば、妹と羊だけだ。他に何もない。全部おまえのものだ。最後にひとつ、メロスの弟になったことを誇《ほこ》りに思ってくれ」

花婿《はなむこ》は、恐縮《きょうしゅく》していた。メロスは笑って、村人たちにも会釈《えしゃく》し、宴席《えんせき》から立ち去った。そして、羊小屋にもぐり込《こ》んで、死んだように深く眠《ねむ》った。

目が覚めたのは、あくる朝、陽の出のころだった。メロスは跳《は》ね起きた。

寝過《ねす》ごしたか？　いや、まだ大丈夫《だいじょうぶ》。これからすぐに出発すれば、約束の時刻《じこく》までには、充分間《じゅうぶん》に合う。

今日はぜひともあの暴君《ぼうくん》に、人を信じる大切さを、教えてやろう。そして、笑いながら、磔《はりつけ》の台に上るのだ。

メロスは身支度《みじたく》をはじめた。雨もいくぶん小降《こぶ》りになってきた。準備《じゅんび》が整うや、メロスは両腕《りょううで》を大きく振《ふ》って、雨の中、矢のごとく走り出した。

わたしは今晩《こんばん》、殺《ころ》される。殺《ころ》されるために、走るのだ。身代わりの友のために、走るのだ。他人を信じられない王に、信じることの大切さを知らしめるために、走るのだ。走らねばならぬ。そしてわたしは、殺《ころ》される。名誉《めいよ》を守れ。さらば、ふるさと――。

若《わか》いメロスはつらかった。何度も立ち止まりそうになった。その都度気合を入れ、自らを叱《しか》りながら走った。

村を出て、野を横切り、森をくぐり抜《ぬ》け、となり村に着いた頃《ころ》には、雨もやみ、陽が高く昇《のぼ》って、暑くなってきた。

メロスは、額《ひたい》の汗《あせ》を拭《ぬぐ》った。ここまで来れば、大丈夫《だいじょうぶ》。もはや故郷《こきょう》への未練はない。

妹たちは、きっと素晴《すば》らしい夫婦《ふうふ》になるだろう。わたしには、何の気がかりもない。まっすぐ王城へ向かえばよいのだ。だから、そんなに急ぐ必要もない。ゆっくり歩こう——。

メロスは持ち前ののん気さを取り戻《もど》し、鼻歌をうたい始めた。ぶらぶら歩いて、行程《こうてい》の半分までくると、メロスの足はぱたりと止まった。

前方の川には、濁流《だくりゅう》が流れていた。昨日の豪雨《ごうう》で、山の水源地《すいげんち》が氾濫《はんらん》したのだ。ごうごうと響《ひび》きを上げる激流《げきりゅう》が、橋を木っ端《ぱ》みじんに破壊《はかい》していた。

メロスは、茫然《ぼうぜん》とその場に立ちすくんだ。あちこちに目を配り、声を限《かぎ》りに叫《さけ》んでみたが、答える者は誰《だれ》もいない。舟《ふね》は残らず濁流《だくりゅう》にのみ込《こ》まれ、船頭の姿《すがた》もなかった。

流れはいよいよ激《はげ》しくなり、まるで荒《あ》れ狂《くる》う海のようだった。メロスは川岸にうずくまり、涙《なみだ》を流しながらゼウスに懇願《こんがん》した。

「鎮《しず》めたまえ、荒《あ》れ狂《くる》う川を！　時は刻々《こっこく》と迫《せま》っています。太陽はすでに真上にあります。日没《にちぼつ》までに、王城にたどり着かねば、わたしの親友が、わたしのために死ぬのです」

濁流《だくりゅう》は、メロスをあざ笑うかの如《ごと》く、ますます激《はげ》しさを増《ま》した。波は波を飲み込《こ》み、うねり、煽《あお》りたて、その間にも時は、刻々《こっこく》と過《す》ぎてゆく。

メロスは覚悟《かくご》した。泳いで渡《わた》るしかない。

ああ、神々よご覧《らん》あれ！

激流《げきりゅう》にも負けぬ、愛と誠《まこと》の力を！

メロスは勢《いきお》いよく川に飛び込《こ》み、百匹《ぴき》の大蛇《だいじゃ》のようにのた打ち、荒《あ》れ狂《くる》う波を相手に、必死の戦いをいどんだ。満身の力を腕《うで》にこめ、押《お》し寄《よ》せ渦巻《うずま》き引きずる流れを、掻《か》きわけ、邁進《まいしん》する姿《すがた》に、神も心打たれたらしい。押《お》し流されつつも、対岸の木の幹《みき》に、何とかすがりつくことができた。

助かった！

メロスは、馬のように大きな身震《みぶる》いをすると、すぐまた先を急いだ。一刻《いっこく》といえども、無駄《むだ》にはできない。陽は既《すで》に、西に傾《かたむ》きかけている。

荒《あら》い息をはきながら、峠《とうげ》を登り切り、ほっとしたのもつかの間、目の前に山賊《さんぞく》たちが躍《おど》り出た。

「待て」

「何をする！　わたしは陽の沈《しず》まぬうちに、王城へ行かねばならぬのだ。放せ！」

「知ったことか。持ち物を全部置いていけ」

「命の他には何もない。その命も、これから王にくれてやるのだ」

「その命が欲《ほ》しいのだ」

「さては、王の命令で、ここで待ち伏《ぶ》せしていたのだな」

山賊《さんぞく》たちは、答える代わりに、こん棒《ぼう》を振《ふ》り上げた。メロスは、腰《こし》をかがめるや、素早《すばや》くそのうちの一人に襲《おそ》いかかり、こん棒《ぼう》を奪《うば》い取った。

「気の毒《どく》だが、正義《せいぎ》のためだ！」

たちまち三人を、こん棒《ぼう》で殴《なぐ》り倒《たお》したメロスは、残る者がひるむ隙《すき》に、走り出した。一気に峠《とうげ》を駆《か》け降《お》りたが、さすがに疲《つか》れ果てた。午後の灼熱《しゃくねつ》の太陽に直撃《ちょくげき》され、メロスは幾度《いくど》となくめまいを覚えた。

気合を入れ直し、何とか歩を進めているうちに、ついにメロスは、がくりと膝《ひざ》を折った。立ち上がることができない。天を仰《あお》いで、メロスはくやし涙《なみだ》を流した。

ああ、数々の苦難《くなん》を乗り越《こ》え、ここまでたどり着いたメロスよ。真の勇者、メロスよ。ここで挫折《ざせつ》するなんて、許《ゆる》されないぞ。愛する友は、お前を信じたばかりに、殺《ころ》されるのだ。お前は大嘘《おおうそ》つきになる。まさしく、王の思うつぼではないか
……。

メロスは、己《おのれ》を叱咤《しった》したが、全身が萎《な》えて、もはや芋虫《いもむし》ほどの前進もかなわなかった。

地面にごろりと寝転《ねころ》がった。身体が疲弊《ひへい》すれば、精神《せいしん》もやられる。もう、どうでもいいと、勇者には似合《にあ》わないふてくされた思いが、心の隅《すみ》に巣食った。

わたしは、これほど努力したのだ。約束を破《やぶ》るつもりは、みじんもない。神もご覧《らん》になったように、わたしは精《せい》いっぱい、がんばってきたのだ。動けなくなるまで、走ってきたのだ。わたしは誠実《せいじつ》だ。ああ、できるなら、わたしの胸《むね》を切り開いて、真っ赤な心臓《しんぞう》をお見せしたい。愛と誠《まこと》の血液《けつえき》だけで動いてる、この心臓《しんぞう》を見せてやりたい。

けれどもわたしは、この大事な時に、精《せい》も根も尽《つ》き果てた、不幸な男だ。わたしはきっと笑われる。わたしの一家も笑われる。わたしは友を欺《あざむ》いた。途中《とちゅう》で投げ出すのは、はじめから何もしないのと同じだ。

ああ、もうどうでもいい！　これがわたしの運命なのかもしれない。

セリヌンティウスよ、ゆるしてくれ。きみはいつでも、わたしを信じてくれた。わたしもきみを、欺《あざむ》かなかった。わたしたちは、心の通い合った親友だったのだ。

一度たりとも、お互《たが》いを疑《うたが》ったことはなかった。今だって、君は無心にわたしを待っていることだろう。

ありがとう、セリヌンティウス。よくもわたしを信じてくれた。それを思えば、たまらない。真の友情《ゆうじょう》は、この世で一番誇《ほこ》るべき宝《たから》だ。

セリヌンティウスよ。わたしは走ったのだ。きみを欺《あざむ》くつもりは、みじんもなかった。信じてくれ！　わたしは、渾身《こんしん》の力を振《ふ》り絞《しぼ》って、ここまで来たのだ。濁流《だくりゅう》を突破《とっぱ》し、山賊《さんぞく》に襲撃《しゅうげき》されたが、何とか切り抜《ぬ》け、峠《とうげ》を駆《か》け降《お》りて来たのだ。わたしだから、できたのだよ。

ああ、これ以上わたしに期待しないでくれ。放っておいてくれ。もうどうでもいい。わたしは負けたのだ。だらしないと、笑ってくれ。

王はわたしに、ちょっと遅《おく》れてこいと耳打ちした。遅《おく》れたら、きみを処刑《しょけい》し、わたしを助けてくれると約束した。卑劣《ひれつ》な王だ。

だが、今わたしは、王の言うままになっている。わたしは、遅《おく》れるだろう。王はわたしをあざ笑い、無罪放免《むざいほうめん》してくれるだろう。

そうなったら死ぬよりつらい。わたしは、永遠《えいえん》に裏切者《うらぎりもの》だ。地上で最も不名誉《ふめいよ》な男だ。

セリヌンティウスよ。わたしも死ぬぞ。きみと一緒《いっしょ》に死なせてくれ。きみだけは、わたしを信じてくれるに違《ちが》いない。いや、それもわたしのひとりよがりか？

ああ、もういっそ、極悪人として生き延《の》びてやろうか。

村にはわたしの家がある。羊もいる。妹夫婦《ふうふ》は、まさかわたしを村から追い出したりはしないだろう。

正義《せいぎ》だの、愛だの、誠《まこと》だの、考えてみれば下らない。人を殺《ころ》して、自分が生きる。これが人間世界の、定法《じょうほう》ではなかったか。

ああ、何もかもばかばかしい。わたしは醜《みにく》い、裏切《うらぎ》り者だ。もう、勝手にするがよい。どうとでもなれ……。

メロスは、四肢《しし》を投げ出し、うとうとと、まどろんだ。

ふと耳に、さらさらと水の流れる音が聞こえた。そっと頭をもたげ、息を飲んで耳を澄《す》ました。すぐ足元で、水が流れているらしい。

よろよろと起き上がり、見ると、岩の裂《さ》け目から、こんこんと囁《ささや》くように、清水が湧《わ》き出ていた。その泉《いずみ》に吸《す》い込《こ》まれるように、メロスは身をかがめた。両手で水をすくって、ひと口飲んだ。思わず長いため息が出て、夢《ゆめ》から覚めたような気がした。

歩ける。行こう！

疲労回復《ひろうかいふく》とともに、わずかな希望が生まれた。義務《ぎむ》を遂行《すいこう》する希望である。命を賭《と》して、約束を守る希望である。

傾《かたむ》いた陽は、オレンジ色の光を木々に降《ふ》り注ぎ、葉も枝《えだ》も、燃《も》えるばかりに輝《かがや》いている。日没《にちぼつ》まで、まだ時間がある。

わたしを待っている人が、いるのだ。少しも疑《うたが》わず、待ち焦《こ》がれている人がいるのだ！

わたしは、信じられている。わたしの命など、どうでもよい。死んでお詫《わ》びなど と、馬鹿なことは言ってられぬ。

信頼《しんらい》に報《むく》いなければならない。ただそれだけだ。

走れ！　メロス。

わたしは信頼《しんらい》されている。わたしは信頼《しんらい》されている。先ほどの、あの悪魔《あくま》のささやきは、悪い夢《ゆめ》だ。忘《わす》れてしまえ。疲労困憊《ひろうこんぱい》している時は、あんな悪い夢《ゆめ》を見るものだ。

メロス、恥《は》じることはない。やはりお前は、真の勇者だ。再《ふた》び立って、走れるようになったではないか。わたしは正義《せいぎ》の士《し》として、死ぬことができる。

ああ、陽が沈《しず》む。どんどん沈《しず》む。待ってくれ、ゼウスよ。わたしは生まれた時から、正直者だった。正直者のまま、死なせてください。

道行く人を押《お》しのけ、跳《は》ねとばし、メロスは疾風《はやて》のように走った。野原で宴《うたげ》をしている人々の、まっただ中を駆《か》けぬけ、犬を蹴《け》とばし、小川を飛び越《こ》え、ゆっくり沈《しず》んでいく太陽の、十倍も速く走った。

旅人たちの一団《いちだん》とすれ違《ちが》った瞬間《しゅんかん》、不吉《ふきつ》な会話を耳にした。

「今ごろは、あの男も磔《はりつけ》にされているよ」

ああ、その男、その男のためにわたしは、今こんなに走っているのだ。その男を死なせてはならない。急げ、メロス！　遅《おく》れてはならぬ。愛と誠《まこと》の力を、今こそ知らしめてやれ。

恰好《かっこう》なんか、どうでもよい。メロスは、ほとんど全裸《ぜんら》で走っていた。荒々《あらあら》しく息を吐《は》いた拍子《ひょうし》に、口から血が噴《ふ》き出た。

見える。はるか向こうに、小さく、シラクスの塔楼《とうろう》が見える。塔楼《とうろう》は、夕陽を受け、きらきらと輝《かがや》いている。

「ああ、メロス様」

うめくような声が、風とともに聞こえた。

「誰《だれ》だ」

メロスは、走りながら尋《たず》ねた。

「フィロストラトスでございます。貴方《あなた》のご友人、セリヌンティウスの弟子《でし》でございます」

その若《わか》い石工《いしく》は、メロスの後について走りながら、叫《さけ》んだ。

「もう駄目《だめ》です。無駄《むだ》です。走る必要はありません。もう、あの方を救《すく》うことはできません」

「いや、まだ陽は沈《しず》んでないぞ」

「ちょうど今、あの方が死刑《しけい》になるところです。あなたは遅《おそ》かった。残念です。ほんの少しでも、もうちょっとでも早かったら――」

「いや、陽はまだ沈《しず》んでいない」

胸《むね》が張《は》り裂《さ》けんばかりの思いで、メロスは赤く大きな夕陽をにらみつけた。

走るより他はない。

「やめてください。走るのはもう、やめてください。今は、ご自分の命が大事です。あの方は、あなたを信じておりました。刑場《けいじょう》に引っ立てられても、平気な顔をしていました。王様が、さんざんからかっても、メロスは来ます、とだけ答え、強い信念を持ち続けておられました」

「だから走るのだ。信じられているから、走るのだ。間に合う、間に合わぬは問題ではないのだ。人の命も、問題ではないのだ。わたしは、何かもっと、とてつもなく大きなもののために、走っているのだ。ついて来い！　フィロストラトス」

「ああ、ご乱心《らんしん》なさったのか。それでは走りなさい。間に合わないとわかっているが、走りなさい！」

言われるまでもない。まだ陽は落ちていない。最後の力を振《ふ》り絞《しぼ》って、メロスは走った。すべての邪念《じゃねん》が消え去っていた。ただ、わけのわからない力に引きずられ、メロスはひたすら走った。

陽が、ゆらゆらと地平線に没《ぼっ》し、まさに最後の一片《いっぺん》の残光も消えようとした時、メロスは疾風《はやて》のごとく刑場《けいじょう》に突入《とつにゅう》した。

間に合った！

「待て！　その人を殺《ころ》してはならぬ。メロスが帰ってきた。約束通り、帰って来たぞ！」

大声で叫《さけ》んだつもりだったが、つぶれた喉《のど》から、しわがれた声がかすかに出たばかりで、群衆《ぐんしゅう》はひとりとして、メロスの到着《とうちゃく》に気づいていないようだった。

高々と建てられた磔《はりつけ》の柱に、縄を打たれたセリヌンティウスが、徐々《じょじょ》に吊《つ》り上げられようとしていた。その姿《すがた》を目《ま》の当たりにしたメロスは、先ほど濁流《だくりゅう》を泳いだように、群衆《ぐんしゅう》を掻《か》き分け、掻《か》き分け、

「わたしだ、刑吏《けいり》！　殺《ころ》されるのはわたしだ。メロスだ。彼《かれ》を人質《ひとじち》にしたわたしは、ここにいる！」

かすれた声で精《せい》いっぱい叫《さけ》びながら、磔台《はりつけだい》に登り、吊《つ》り上げられていく友の両足に、しがみついた。

群衆《ぐんしゅう》がどよめいた。あっぱれだ、許《ゆる》してやれ、と皆《みな》口々に叫《さけ》んだ。

そして、セリヌンティウスの縄は、ほどかれたのである。

「セリヌンティウス！」

メロスは瞳《ひとみ》に涙《なみだ》を浮《う》かべ、言った。

「わたしを殴《なぐ》れ。力いっぱい、頬《ほお》を殴《なぐ》れ。わたしは、途中《とちゅう》で一度、悪い夢《ゆめ》を見た。きみがわたしを殴《なぐ》らなければ、わたしはきみと抱擁《ほうよう》する資格《しかく》すらないのだ。殴《なぐ》れ」

セリヌンティウスは、すべてを察した様子でうなずき、刑場一杯《けいじょういっぱい》に鳴り響《ひび》くほど思い切り、メロスの右頬《みぎほお》を殴《なぐ》った。そして、優《やさ》しく微笑《ほほえ》み、

「メロス、わたしを殴《なぐ》れ。同じくらい力を込《こ》めて、殴《なぐ》れ。この三日間、たった一度だけ、きみを疑《うたが》った。生まれてはじめて、きみを疑《うたが》った。きみがわたしを殴《なぐ》ってくれなくば、わたしはきみと抱擁《ほうよう》できない」

メロスは、大きく振《ふ》り被《かぶ》って、セリヌンティウスの頬《ほお》を殴《なぐ》った。

「ありがとう、友よ」

二人同時に言い、ひしと抱《だ》き合い、おいおい声を上げて泣いた。群衆《ぐんしゅう》からも、む

せび泣きが聞こえて来た。

暴君《ぼうくん》ディオニスは、群衆《ぐんしゅう》の背後《はいご》から二人の様を、まじまじと見つめていたが、やがて静かに近づき、顔を赤らめて、こう言った。

「おまえたちの望みは叶《かな》ったぞ。おまえたちは、わしに勝ったのだ。信実とは、決して空虚《くうきょ》な妄想《もうそう》ではなかった。どうかわしも、仲間に入れてはくれまいか。おまえたちの仲間になりたいのだ」

どっと群衆《ぐんしゅう》の間に、歓声《かんせい》が起こった。

「万歳《ばんざい》、王様万歳《ばんざい》！」

ひとりの少女が、真紅《しんく》のマントを、メロスに捧《ささ》げた。メロスがまごつくと、セリヌンティウスが諭《さと》した。

「メロス、早くそのマントを着ろ。きみは真っ裸《ぱだか》じゃないか。この可愛《かわい》い娘《むすめ》さんは、きみの裸《はだか》を皆《みな》に見られるのが、くやしいんだよ」

勇者は、ひどく赤面した。

（古伝説と、シルレルの詩から）

解説《かいせつ》

黒野伸一

今回の、現代語訳《げんだいごやく》の仕事を引き受けるまで、恥《は》ずかしながら、太宰治《だざいおさむ》の作品をほとんど読んだことがありませんでした。

わたしは、作家や作品の研究をする、「文学者」ではなく、自身が小説を書く、「小説家」です。なので、わたしごときが、偉大《いだい》な太宰作品を現代風《げんだいふう》に読みやすく変えたり、解説《かいせつ》したりするなど、そんな大それたことをしていいのだろうか？と、当初はこの仕事を引き受けるかどうか、迷《まよ》いました。

取りあえず、太宰作品をいくつか読んでから決めようと、「女生徒」や「黄金風景」などを読んでみたところ、すっかり魅了《みりょう》され、引き受ける運びとなったのです。

ここでは、個々《ここ》の作品の解説《かいせつ》、感想を簡単《かんたん》に記した後、太宰の数奇《すうき》で激烈《げきれつ》な人生についても、触《ふ》れてみようと思います。

「富嶽百景《ふがくひゃっけい》」は、今風にいえば、エッセイ小説のジャンルに属《ぞく》します。記述《きじゅつ》されている様々なエピソードは、多少の誇張《こちょう》があるにせよ、ほとんどが実際《じっさい》に起きた出来事なのでしょう。

どうも太宰は、富士山《ふじさん》のことを、あまり好きではないようですね。(笑)

富士《ふじ》のように日本を代表する、著名《ちょめい》な存在《そんざい》を、うっとうしく思っていたのかもしれません。実際《じっさい》に眼前《がんぜん》に見た巨大《きょだい》な富士山《ふじさん》が、太宰には「風呂屋《ふろや》にペンキで描《えが》かれた、あるいは芝居《しばい》のセットにあるような、ステレオタイプの富士《ふじ》」に見えたくらいですから、うっとうしいこと、この上なかったのでしょう。富士嫌《ふじぎら》いの中に、太宰の権威《けんい》に対する、反骨《はんこつ》な精神《せいしん》をうかがうことができます。

珍妙《ちんみょう》な服装《ふくそう》で峠《とうげ》を登ったり、新しく知り合った若者《わかもの》たちに、性格破綻者《せいかくはたんしゃ》だと思われていたりと、自虐的《じぎゃくてき》なエピソードも盛《も》りだくさんで、この辺りに太宰のエンタメ性《せい》を感じます。読者を飽《あ》きさせず、笑いに誘《さそ》う努力を怠《おこた》らないのが、流行作家であ

る所以《ゆえん》です。（無論《むろん》、それだけが太宰作品の魅力《みりょく》ではありませんが）

「黄金風景」という短い短編《たんぺん》は、わたしのもっとも好きな作品のひとつです。青森県の大地主の家に生まれた「わたし」は、何不自由ない幼少期《ようしょうき》を過《す》ごしました。身の回りの世話は、すべて女中が行っていたようです。

お慶《けい》は、のろまで不器用で、いつもボ〜っとしているような女中でした。幼《おさな》いわたしには、お慶《けい》のどんくささが、許《ゆる》せなかったのでしょう。ありとあらゆる方法で、お慶《けい》をいじめます。

幼《おさな》さゆえの無知とはいえ、立場を利用した、このような思い上がった態度《たいど》に、皆《みな》さんも眉《まゆ》をひそめたのではないでしょうか。

時は流れ、わたしは大人になり、実家を離《はな》れて一人《ひとり》暮《ぐ》らしをはじめました。そして、金銭的《きんせんてき》な問題を抱《かか》えた上に、病におかされるという、最悪な時期をむかえます。すっかり自信をなくし、自暴自棄《じぼうじき》になっていたわたしの所に、お慶《けい》がやってきます。警官《けいかん》の夫と、四人兄妹の末娘《すえむすめ》と一緒《いっしょ》でした。

その幸せそうなたたずまいに、いたたまれなくなり、わたしは逃《に》げ出します。お慶《けい》に初めて劣等《れっとう》感を抱《いだ》いたのです。「負けた」と思ったのです。

幼《おさな》いころ、あれだけひどい仕打ちをしたのだから、これは因果応報《いんがおうほう》だよ、と思う向きも多いことでしょう。

堅実《けんじつ》な仕事をしている夫と、四人の子どもに恵《めぐ》まれ、幸福な人生を歩んでいるお慶《けい》。一方わたしは、経済的《けいざいてき》にも精神的《せいしんてき》にもどん底で、そばに居《い》てくれる者もいません。立場は、完全に逆転《ぎゃくてん》しました。ところが、お慶《けい》はこの状況《じょうきょう》を、「ざまあみろ」と楽しんでいるわけではありませんでした。

「あの方は、幼《おさな》いころから人と違《ちが》ってた。目下の者にも、それは親切に接《せっ》してくれたわ」

と、わたしを擁護《ようご》したのです。

お慶《けい》の真意はわかりません。情《じょう》をかけたのか、あるいは、夫の前で、作家になった「お坊《ぼっ》ちゃま」を、自慢《じまん》したかったのかもしれません。

いずれにせよ、このお慶《けい》の心意気に、わたしはふたたび「負けた」と思ったのでした。しかし、今回の負けは、前向きな負けでした。負けを認《みと》めながらも、わたしは感動していました。この負けが、きっと明日の糧《かて》になると、信じたのです。

なんと、心温まる話ではありませんか。


次に「女生徒」ですね。

これは太宰が十代の少女になりきり、一人称《いちにんしょう》で心情《しんじょう》を吐露《とろ》するという作品です。太宰に批判的《ひはんてき》だった川端康成《かわばたやすなり》（ノーベル文学賞《しょう》を受賞《じゅしょう》した、昭和を代表する作家）も、この作品だけはほめていました。

少女目線で綴《つづ》っているので、時々意味不明なところがあったり、言っていることに、整合性《せいごうせい》がなかったりしますが、それがまた、不思議なリアリティをかもし出しています。

ところで、わたしも少女の一人称《いちにんしょう》で、小説を書くことがあります。わたしはもう、立派《りっぱ》なおじさんですが、身を引き締《し》めて「さあ、これから、十四歳《さい》の少女になるぞ！」と、原稿《げんこう》用紙に向かうと、不思議なもので、少女になりきることができるのです。

もちろん、現実《げんじつ》には、少女や、女性《じょせい》でさえないので、細かい部分では、本当の少女がどんな生活や、行動をしているのか、わかりません。

とはいえ、少女もわたしも、同じ人間。根っこの部分では、共通するものを持っている、と信じます。たとえば、物を盗《ぬす》んだり、人を殴《なぐ》ったりするのはいけないこと、困《こま》っている人を助けたり、他人に親切に接《せっ》するのはよいこと、とわたしも少女も思っているはずです。

さて、ちょっと脱線《だっせん》してしまいましたね。「女生徒」の話に戻《もど》りましょう。

当初、太宰はわたしのように「少女になりきって」書いていると思っていましたが、だんだん、そうではないのではないか？　と感じるようになりました。

少女になりきって書いているのではなく、太宰そのものが、少女なのです。少女の心を持っているのです。

世間にはびこる嘘《うそ》や欺瞞《ぎまん》が許《ゆる》せないこと、表面的に取りつくろうだけの、「大人」の生き方に納得《なっとく》がいかないこと、美しいものに、道徳なんて必要ないこと……。これらすべては、「女生徒」の口から語られていますが、実は太宰自身が感じていることなのでしょう。

太宰は、会社員や公務員《こうむいん》である、みなさんのおとうさんや、おかあさんのように、「大人」の人生を歩むことは、ついぞありませんでした。

彼《かれ》は不安定な「少女」のまま、不幸な人生の幕《まく》を閉《と》じたのです。

ここでちょっと話題を変え、作家、とくに小説家と呼《よ》ばれている人たちが、どんな人たちで、どのように生きているのか、わたしなりの所見を、述《の》べていきたいと思います。

子どものころ、クラスの人気者で、勉強もスポーツも得意《とくい》だった人は、小説家にはならないでしょう。そういう人は、政治家《せいじか》やスポーツ選手に、向いていると思います。

作家の仕事は、毎日毎日、ひとり書斎《しょさい》にひきこもり、頭を掻《か》きむしりながら、物語を紡《つむ》ぐという、孤独《こどく》なものです。いつも日の当たる場所にいて、たくさんの友人に囲《かこ》まれている人には、きっと耐《た》えられないに違《ちが》いありません。

作家に向いているのは、自分の外の世界より、内なる世界に興味《きょうみ》がある人です。こういう人は、人当たりがよいとはいえず、社交性《せい》もあまりありません。友だちも少なく、表でバスケやサッカーをするより、ひとり部屋に閉《と》じこもって本を読んだり、音楽を聴《き》くことを好みます。

厭世主義《えんせいしゅぎ》という言葉がありますが、作家には厭世主義《えんせいしゅぎ》の人が多いです。厭世主義《えんせいしゅぎ》とは、物事すべてを、悲観的にとらえる考え方で、作家は常《つね》にこの世での生きづらさにあえいでいます。そのドロドロした情念《じょうねん》が、小説に昇華《しょうか》するのです。

作家は、会社員のように、安定した収入《しゅうにゅう》があるわけではなく、本が売れればそれなりに豊《ゆた》かになれますが、売れなければ悲惨《ひさん》な現実《げんじつ》が待っています。

このように、完全実力主義《しゅぎ》なので、多少のわがままは、許《ゆる》されるようです。社会人として、いかがなものか？ と思われるような言動も、「あの人は、作家なのだから仕方ない」と、大目に見てもらえます。

日本の会社員や公務員《こうむいん》は、和を大切に、集団《しゅうだん》の一員として規則《きそく》正しく働きますが、作家は、周りの目を気にせず、群れることもなく、ひたすら面白い物語を紡《つむ》ぐことに尽力《じんりょく》します。

結果だけがすべてなので、勤務《きんむ》時間の制約《せいやく》もありません。三日三晩《ばん》寝《ね》ずに、憑《つ》かれたように書き続ける（わたしはもう年なので、無理ですが）時もあれば、一日中鼻くそをほじりながら、ゴロゴロしている時もあります。

もっとも現代《げんだい》では、いわゆる無頼漢《ぶらいかん》の作家は、少なくなってきたようですね。みんな、そこそこ人当たりがよく、スマートで、バランス感覚もあるように思えます。わたし自身、会社員生活を二十年ほど経《へ》てから、作家になったので、それなりに常識人《じょうしきじん》であることを、自負しています。

しかし、昭和の初期には、まだまだ、はちゃめちゃな作家が多かったようですね。その代表格《だいひょうかく》が太宰治です。

それでは、彼《かれ》の人となりを、見てゆくことにしましょうって、おっと、まだ解説《かいせつ》がひとつ残っていました。（笑）「走れメロス」ですね。

中学の国語の教科書に、広く採用《さいよう》されている短編《たんぺん》なので、誰《だれ》しもが読んだことがあると思います。太宰の他の作品を知らなくても、メロスなら知っている、という人も多いのではないですか。

この物語のテーマは、人を信じることの大切さ、友情《ゆうじょう》の素晴《すば》らしさです。退廃的《たいはいてき》な雰囲気《ふんいき》が多い太宰の著作《ちょさく》の中では、めずらしく真っ直ぐで、感動的な物語ですね。中学生の教科書に採用《さいよう》されたのも、うなずけます。

文末に（古伝説と、シルレルの詩から）とあるように、シルレル（ドイツ人の作家・フリードリヒ・シラー）オリジナルの詩編《しへん》「人質《ひとじち》」を、太宰が小説化した作品です。

さて、ちょっとここで、友を裏切《うらぎ》らない誠実《せいじつ》なメロスと、メロスを生み出した作者太宰を比較《ひかく》する、面白い逸話《いつわ》を紹介《しょうかい》しましょう。

太宰の盟友《めいゆう》の一人で、同じく作家の檀一雄《だんかずお》が「小説　太宰治」という、太宰治の人となりを暴露《ばくろ》した小説（？）を書いています。その中に、「走れメロス」執筆《しっぴつ》のきっかけとなった（と、檀《だん》が思った）出来事が紹介《しょうかい》されています。

ある日檀《だん》は、太宰の奥《おく》さんから、熱海《あたみ》に逗留《とうりゅう》したまま金欠になって戻《もど》って来ない太宰を、早く連れ戻《もど》してほしい、と懇願《こんがん》されました。渡《わた》されたのは、奥《おく》さんが、がんばってかき集めた、お金です。

無事、熱海《あたみ》の宿に着いた檀《だん》を、太宰は小料理屋にいざない、一緒《いっしょ》に高級料理と酒を堪能《たんのう》します。そればかりか、今度は女郎《じょろう》屋に連れて行き、二人して遊女遊びに興《きょう》じるのです。

こうして、奥《おく》さんが用意した金の大半を使い果たしましたが、太宰にはまだまだ借金が残っていました。

宿泊代《しゅくはく》、飲食代、遊興費《ゆうきょうひ》などの「つけ」を払《はら》いきれず、太宰は新たな金を工面するため、熱海《あたみ》を発《た》とうとします。しかし、借金取りたちが認《みと》めるはずがありません。逃《に》げられてしまったら終わりです。

そこで檀《だん》が人質《ひとじち》として、熱海《あたみ》に残ることになりました。まるでメロスの親友、セリヌンティウスのようですね。

しかし、いつまで経《た》っても宿に戻《もど》ってこない太宰に、業を煮《に》やした檀《だん》は、債権者《さいけんしゃ》の一人の小料理屋の主人とともに、太宰を捜《さが》しに出かけます。

太宰は、師匠《ししょう》井伏鱒二《いぶせますじ》の家で、井伏《いぶせ》と一緒《いっしょ》にのんびり将棋《しょうぎ》を指していました。檀《だん》が「ひどいじゃないか！」と抗議《こうぎ》すると「待つ者も辛《つら》いかもしれんが、待たせる者だって辛《つら》いんだぞ」と、開き直る始末。セリヌンティウスのため、死を覚悟《かくご》して、全力で走ったメロスとはえらい違《ちが》いですね。

最終的に太宰の借金は、井伏鱒二《いぶせますじ》や佐藤春夫《さとうはるお》など、先輩《せんぱい》作家たちの献金《けんきん》、そして太宰の奥《おく》さんが、大切な着物を質《しち》に入れて作ってくれたお金のおかげで、完済《かんさい》しました。

そのすぐ後、太宰は「走れメロス」を上梓《じょうし》したのです。

ここまで読んできて、大きく声を上げたい人もいるんじゃないですか？

「何が走れメロスだ！　走れ太宰だろ！　メロスの爪《つめ》の垢《あか》でも飲めよ！」と。


それでは、今度こそ、太宰の人となりを、じっくり見てゆくことにしましょう。

太宰治は、一九〇九年、六月十九日、青森県北津軽《きたつがる》郡金木《かなぎ》村に、生まれました。十一人兄弟の十番目だったそうです。父は県下有数の大地主で、衆議院《しゅうぎいん》議員や貴族《きぞく》院《いん》議員を歴任《れきにん》した、地元の名士《めいし》。

父は多忙《たぼう》で、母は病弱だったため、生まれてからすぐに、乳母《うば》に育てられました。

小さなころから、勉強ができ、通っていた小学校では「開校以来の秀才《しゅうさい》」と、もてはやされたそうです。旧制《きゅうせい》中学、旧制《きゅうせい》高校を経《へ》て、東京帝国《ていこく》大学文学部仏文科《ふつぶんか》に進学しています。

身長が一七六センチあり、当時としてはかなり大柄《おおがら》でした。憂《うれ》いを含《ふく》んだ、甘《あま》いマスクで、女性《じょせい》にはモテたようです。

由緒《ゆいしょ》ある大金持ちの家系《かけい》。中退《ちゅうたい》はしましたが、東京帝国《ていこく》大学（現在《げんざい》の東京大学）に在籍《ざいせき》したことがあり、背《せ》が高く、イケメン。そして流行作家——。

誰《だれ》もが羨《うらや》む、プロフィールではありませんか。きっと、多くの男性《だんせい》が、太宰のようになりたいと、願うことでしょう。

こんな一見完璧《かんぺき》に見える太宰ですが、確認《かくにん》の取れていないものも含《ふく》め、実は七回もの自殺未遂事件《じさつみすいじけん》を起こし、八回目の自殺《じさつ》で、この世を去っています。享年《きょうねん》三十八。若《わか》いですね。

どうしてこんなに優秀《ゆうしゅう》で、才能《さいのう》のある人物が、若《わか》くして死ななければならなかったのか、誰《だれ》しもが理解《りかい》に苦しむことでしょう。

でも、自ら死を決意する時の心境《しんきょう》って、「これこれ、こういう理由があるから、ぼくは死ぬ」なんて、単純《たんじゅん》なものではないのかもしれませんね。いろいろな要素《ようそ》が複雑《ふくざつ》に絡《から》み合い、何かが引き金となって、衝動的《しょうどうてき》に死を選んでしまうのでしょう。

太宰に衝撃《しょうげき》を与《あた》えたのは、三回目の自殺未遂《じさつみすい》の時でした。銀座《ぎんざ》のカフェで働いていた女性《じょせい》と、無理心中を図り、太宰だけが生き残って、女性《じょせい》は死んだのです。

太宰は、自殺《じさつ》ほう助の容疑《ようぎ》で、取り調べを受けますが、結局起訴猶予《きそゆうよ》となりました。この辺りのことは、「人間失格《しっかく》」や「東京八景」などの小説の中で語られています。一緒《いっしょ》に死のうと思ったのに、自分だけが生き残り、相方が死ぬ。この時の気持ちは、いったいどんなものであったか、想像《そうぞう》するだけで、胸《むね》が苦しくなりますね。

とはいえ、太宰はこの時期、結納《ゆいのう》を済《す》ませた別の女性《じょせい》とも、交際《こうさい》していたのです。当然、もめにもめましたが、結局太宰はこの女性《じょせい》と結婚《けっこん》しました。

そしてなんと、太宰は結婚《けっこん》した奥《おく》さんとも、未遂《みすい》に終わりましたが、心中《しんじゅう》を図っています。しかし、これには諸説《しょせつ》あり、虚言《きょげん》ではないか、と見る向きもあるようです。

心中未遂《しんじゅうみすい》後、この女性《じょせい》と別れた太宰は、別の女性《じょせい》と再婚《さいこん》します。そして美容師《びようし》の女性《じょせい》とも、同時に交際《こうさい》を始めました。この美容師《びようし》の女性《じょせい》は、後に太宰の秘書《ひしょ》となり、公私《こうし》にわたって、いろいろな世話を焼いていたようです。

最終的に太宰は、再婚《さいこん》した奥《おく》さんをひとり残し、秘書《ひしょ》の女性《じょせい》と、またもや心中《しんじゅう》を図り、帰らぬ人となります。なんと、凄《すさ》まじい人生でしょうか……。

いろいろ調べてみると、一見完璧《かんぺき》に見える太宰にも、実は数多《あまた》のコンプレックスがあったことが、わかります。

高校入学時には優秀《ゆうしゅう》な生徒だったが、やがて遊びをおぼえ、成績《せいせき》は下降《かこう》の一途《いっと》をたどったこと。出版社《しゅっぱんしゃ》の懸賞《けんしょう》小説に応募《おうぼ》したが、落選してしまったこと。当時つきあっていた女性《じょせい》と別れ、学業に専念《せんねん》するよう実家にいわれたが、太宰が拒否《きょひ》したため、結婚《けっこん》を承諾《しょうだく》するかわりに、分家除籍《ぶんけじょせき》されてしまったこと。東京帝国《ていこく》大学文学部仏文科《ふつぶん》の講義《こうぎ》に、まるでついていけなかったこと。新聞社の入社試験を受けるも、落ちてしまったこと。作家にはなれたが、第一回芥川賞《あくたがわしょう》に落選し、その後は候補《こうほ》にすらのぼらなかったこと——。

二回目の結婚以降《けっこんいこう》しばらくは、生活も落ち着き、精神的《せいしんてき》にも安定していたようです。今回現代語訳《げんだいごやく》した四作品は、この安定した時期に書かれました。

太宰が新聞社の入社試験に合格《ごうかく》し、会社員記者として揉《も》まれていたら、もっと別の人生を歩んでいたのではないか、と思えてなりません。彼《かれ》は一度も、本当の意味での「社会人」として、活動したことがなかったからです。

組織《そしき》に属《ぞく》さない根無し草、生粋《きっすい》の自由人として生きたことで、大人になりきれない少女の心を持ったまま、太宰はこの世を去りました。世間では太宰のことを「無頼派《ぶらいは》」などと称《しょう》しますが、わたしには彼《かれ》が、思春期の問題をたくさん抱《かか》えた、繊細《せんさい》で不安定な少女のように見えて、しかたありません。

先述《せんじゅつ》した檀一雄《だんかずお》は太宰を「彼《かれ》ほど人々に絶望《ぜつぼう》しながら、人々に甘《あま》え媚《こ》びた男を知らない」と評《ひょう》しました。

人々に絶望《ぜつぼう》しながら、人々に甘《あま》え媚《こ》びるというのは、大人の世界に絶望《ぜつぼう》しながらも、大人に頼《たよ》って生きざるを得《え》ない、正に、思春期の少女そのものではありませんか。

現代語訳
黒野伸一（くろの・しんいち）

神奈川県生まれ。2006年『ア・ハッピーファミリー』で小学館主催の第1回「きらら」文学賞を受賞しデビュー。『限界集落株式会社』（小学館）がベストセラー、ドラマ化で注目される。YA小説では『どうにかしたい！』、『極貧！セブンティーン』（ともに理論社）、児童書に『遠い国から来た少年』（新日本出版）、『いじめにパンチ！』（理論社）などを発表している。

スラよみ！　日本文学名作シリーズ④
富嶽百景

2024年12月初版
2024年12月第1刷発行

作　太宰治
現代語訳　黒野伸一
発行者　鈴木博喜
発行所　株式会社理論社
〒101-0062　東京都千代田区神田駿河台2-5
電話　営業03-6264-8890
　　　編集03-6264-8891
URL https://www.rironsha.com

カバー画・挿画　クリハラタカシ
ブックデザイン　守先正
組版　アジュール
印刷・製本　中央精版印刷
編集　小宮山民人

ISBN978-4-652-20640-9　NDC913　四六判　19cm　P175